U0637063

蜜友记

小满 著

南方出版传媒

花城出版社

中国·广州

图书在版编目（ＣＩＰ）数据

蜜友记 / 小满著. -- 广州：花城出版社，2019.10
ISBN 978-7-5360-9047-7

Ⅰ．①蜜… Ⅱ．①小… Ⅲ．①长篇小说－中国－当代
Ⅳ．①I247.5

中国版本图书馆CIP数据核字(2019)第209972号

出 版 人：肖延兵
策划编辑：林宋瑜
责任编辑：揭莉琳　林　菁　刘玮婷　罗敏月
技术编辑：凌春梅
装帧设计：一　苒

书　　名	蜜友记	
	MIYOU JI	
出版发行	花城出版社	
	（广州市环市东路水荫路 11 号）	
经　　销	全国新华书店	
印　　刷	佛山市迎高彩印有限公司	
	（佛山市顺德区陈村镇广隆工业区兴业七路 9 号）	
开　　本	880 毫米×1230 毫米　32 开	
印　　张	10　1 插页	
字　　数	160,000 字	
版　　次	2019 年 10 月第 1 版　2019 年 10 月第 1 次印刷	
定　　价	45.00 元	

如发现印装质量问题，请直接与印刷厂联系调换。
购书热线：020 - 37604658　37602954
花城出版社网站：http://www.fcph.com.cn

CONTENT
目录

CONTENT
目录

CONTENT
目录

01

只要你过得不总是比我好

程小柔出生在1983年的春天。满城刮着春风、飘着柳絮，虽然零乱，但生机盎然。

1983年2月12日，立春之后的第八天，是那一年的除夕，家家户户辞旧岁、迎新年。这一年出生的孩子都属猪，据说命特别好，能吃能睡，特别有福。

除夕这天晚上，北方包饺子，南方吃汤圆。

程小柔出生在北方的小城济南。她的妈妈叫黎卿卿，独生子女。黎卿卿的父亲早年去世，是单亲家庭。黎卿卿记忆中的除夕夜，家里总是冷冷清清。

对于黎卿卿来说，这年的除夕是极其特别的。因为她怀孕，婆婆建议她在娘家过年，免得折腾，程小柔的父亲程建设同志，也主动要求留下来陪着黎卿卿。如此一来，总是只有娘儿俩的家里像多了多少人似的，忽然间就热闹起来了。

那天下午，程建设早早地把买好的鞭炮铺在铝皮烟囱边烤着，说这样去潮湿，晚上放的时候准是全院子最响。黎家老太太也一改往日的严肃，欢喜地进进出出备菜备酒。黎卿卿虽然依旧懒懒的，不爱动弹，但一天都没有孕吐，胃口好得不得了，中午不但吃了饭菜，瓜子水果的也塞了不少，喜得她连连表扬肚子里的小家伙懂事儿。

虽然离预产期还有好几个月，但黎卿卿早就给孩子起好了名字。男孩儿就叫程大力，因为这孩子一天到晚地踹妈妈肚皮，力气大得不得了；女孩儿就叫程小柔，毕竟这么有劲儿的话不太有姑娘样子，起个纤细的名字好往回拽一拽。

程小柔的姥姥家在护城河边的一个大杂院里。

大杂院里一共住了十多户，跟黎家关系最好的，是对门的胡家。他家的女儿胡金凤跟黎卿卿差不多大，黎卿卿从七八岁搬到这个院子开始，就一直跟胡金凤做好朋友。两人从小学到初中都是同班同学，不过胡金凤学习不好，初中没毕业就在国棉厂上班了。胡金凤一天到晚大刺刺的，干活儿不惜力气，她是家里的老大，还有两个弟弟，爹妈多少有些重男轻女。她免不了是那个吃得少干得多，有事儿没事儿就得被拿来开刀的倒霉蛋，好在她心大。

胡金凤十八岁那年，有一天值夜班看车床，大概因为白天在家忙着干活做饭没空睡觉，竟然开着床子打起盹儿，手一下子就被车床打了，断了两根手指头，虽然立即被送去医院，但还是没保住，她左手的无名指只有一节，小指剩了两节。生活倒是没有受到特别大的影响，毕竟还是不好看，大凤自那之后，就不太愿意在生人面前伸出左手。黎卿卿都结婚怀孕了，一般大的她还没有找到对象，也许跟这个小残疾有点儿关系。

年三十儿这天胡金凤终于不用再干活了，只等着晚上包饺子，所以从吃了中饭之后便腻在黎家，跟黎卿卿一起给宝宝钩小衣服，两人叽叽喳喳聊个不停。程建设一个人承包了晚餐的所有程序，黎老太太一个人和面、拌馅子，胡金凤特别有眼力见儿，但凡看见黎老太太起身拿个重一点儿的东西，她就赶紧跑过去接下来，讨得老太太也开心。黎老太太只是提醒她说："大凤你可留心看着点儿，你妈那边开始和面了就得赶紧回去，大年下的别惹得她满院子喊着骂你不干活。"胡金凤一脸憨笑地使劲儿点头，说："我知道！黎大娘，您就放心吧，我妈说了今天不骂人，她过年歇班儿！"

胡家一共五口人，各个嗓门大、不骂人不说话。从天不亮开始，胡婶子就像吊嗓子一般，从孩子他爹开始，连上三个孩子，全都翻着花儿地骂一顿，这就算是拉开了新的一天的序幕。内容无非就是还不起床、还不吃饭、还不出门等，每天的由头都一样，但组织的语言日日更迭。胡叔叔也不是保持沉默的人，毫不停歇地对嘴，胡金凤不敢跟她妈顶嘴，于是就跟着骂她两个弟弟。两个弟弟仗着爹妈疼爱，并不害怕姐姐，拉开架势不依不饶地跟胡金凤对骂。一家五口，从起床到全部出门上班，必是一场循环罗圈仗，根本理不出因果源头。院里的街坊邻居都在一起住了几十年了，早已见怪不怪。只有程建设，第一次来黎卿卿家吃饭的时候，正赶上胡

家日常对骂，他还以为这家人要过不下去了，后来才知道这家人骂
咧咧就如同顿顿要吃馒头一样，是生活中不可或缺的一部分。就像
胡金凤自己说的，一年三百六十五天，只有除夕这天，她妈妈"休
假"，不骂人，全家都只说过年的话。

1983年的除夕，还有一件新鲜事。据说晚上八点钟，中央电视
台会直播一档长达四个小时的文艺节目，叫作《春节联欢晚会》。
但遗憾的是，大杂院里没有一家有电视机，所有人也都只能是口头
上好奇一下。据说有好些人为了看晚会，竟然主动要求去单位值
班。胡金凤的国棉厂传达室也有一台小电视机，她也想去值班，但
她妈死活不同意。一整个下午，胡金凤都在跟黎卿卿抱怨这事儿。

如此重要的节日，程小柔大概也很想参与，虽然那时候她还只
是个几个月大的胎儿。胡金凤一直在黎家待到天都擦黑了，还恋恋
不舍地拉着黎卿卿东聊西扯，她两个弟弟轮番儿扯着嗓子喊了好几
次，最后连她妈也开始喊她，大凤这才跟黎卿卿告别，说再不回去
"休假"的也得要"上班"了。大凤走后，黎卿卿下地转悠了两
圈，觉得腰有点儿酸，肚子好像也有点儿疼，她心想大概是说话太
多又吃了些水果的缘故，也没吭声，自己抱着个搪瓷缸子喝热水。

程建设炒了四个热菜，炖了一个鲫鱼豆腐汤，再加上年前炸的
年货和酥锅，满满当当地摆了一桌子。黎老太太很高兴，拿出特意

托人去部队供销社买的山西汾酒。晚上七点钟一过，家家户户陆续开席，鞭炮声就此起彼伏、不绝于耳了，赶上都放的时候，一桌上的人说话都听不见动静，敬个酒都得扯着嗓子喊。

黎卿卿喝完了一缸子热水，肚子疼也没有缓解，小腹还有明显的撕扯感，程建设看她没精神，问了她几次怎么了，她都说没事儿。黎卿卿心想好不容易有一个除夕能这么热闹，她特别不想扫了大家的兴。晚饭她没什么心情吃，只喝了一碗鲫鱼汤，再加上那一缸子水，没一会儿工夫就想去厕所了。那时候厕所都在外面，院子里也没有路灯，程建设不放心她自己去，就拿着个手电筒陪她，站在茅房外面给她照亮。黎卿卿走出来的时候，恰巧又是一挂震耳欲聋的鞭炮刚点上，黎卿卿使劲儿冲程建设喊着："我得去医院！去医院！医院！"

等程建设听清楚的时候，鞭炮刚好放完，一阵突如其来的安静，吓得程建设脸都发白了。黎卿卿这是头胎，两人都没有经验，怀孕数月有流血还腹痛，他俩都慌了。赶紧回到屋里，跟黎老太太描述了一下情况，老太太也有点儿着急，三人就开始收拾随身用的东西，拿着钱准备去医院。那时候交通也不发达，医院虽然不太远，但走过去得半个多小时。程建设可以骑车带着黎卿卿，但是老太太不会骑车，她要自己走去，可天黑路远的，黎卿卿不放心，劝着老太太让她在家等着，她又不放心女儿。

三个人边关灯锁门边小声争执，正没个头绪的时候，胡金凤跑过来了，问大过年的怎么把灯关了，又看着黎卿卿一家三口都穿好了棉衣、捂着围巾，程建设还推着车子，就更奇怪了。胡金凤追问："到底要去哪儿啊？"黎老太太着急忙慌地给她说了说情况，说这正犯愁不让自己跟着去呢。胡金凤一听，说道："这简单，黎大娘你别着急，我骑自行车带着你，让程哥带着卿卿不就得了。"黎老太太心下自然是高兴的，但嘴上还得客气一下，谁能愿意吃着年夜饭去医院呢。胡金凤说："哪有这么多事儿，孩子要紧，你们等一会儿，我回家给我妈打个招呼，穿上衣服咱就走。"

胡金凤回家一说，她妈胡婶子放下筷子跑出来了，非要陪着一起去，黎老太太赶忙推辞，说让大凤跟着就已经很不好意思了，怎么也不能再麻烦你们，又喊着送到医院就让大凤回来。四个人骑着两辆自行车就出发了。路上没有灯，一路黢黑，除了放鞭炮的，一个人也没有。程建设像蹬风火轮一样，大气不喘，黎卿卿坐在后座上紧紧抱着他的腰。大凤带着黎老太太，一路紧跟，竟也没有落下。平日里得骑个一刻钟的路，他们用了不到十分钟就到了。

医院急诊室，几个大夫和护士正围着一个小电视机看春晚直播。里面观察室的床都是空的，没有病人。黎卿卿被程建设扶着走过来，黎老太太过去跟那一群乐得前仰后合的大夫描述了几句，大家赶紧关了电视都围了上来。护士去推了一张移动床，让黎卿卿平躺着，B超室的值班大夫已经启动了机器，妇产科的值班医生也从科室往急诊室来了。原本就紧张的黎卿卿，一看这么多"白大褂"都围着她，心想肯定是出了大问题，又联想起这一天没吐没难受，原来是孩子已经不好了，这么明显的信号，她居然没有意识到，越想越难受，仿佛孩子已经离她而去一样，没绷住直接哭了起来。黎老太太心乱如麻的，让她这么一哭也急了，喊她大年下的哭什么、多不吉利之类，絮絮叨叨说个没完。旁边一个大夫忽然就开腔了："要吵架就不给你们看了，哭又不能解决问题，再说了，老太太你这个思想也很封建，这跟吉不吉利有什么关系！都别出声了，我看看孩子。"话音一落，刚刚还杂乱无章的场面，瞬间就鸦雀无声了，只有B超机里传出的强有力的胎心声，扑哧扑哧的，非常悦耳。

这个大夫看上去也就三十多岁，中等个头，戴个眼镜，脱下白大褂来说他是哪个工厂的都有人信，其貌不扬的，实在不像个知识分子。厚厚的嘴唇显得笨笨的，没想到这么能说。

程建设攥着黎卿卿的手，两人一起盯着机器，大夫指着屏幕说："看见了吗？孩子好着呢，胎心也好，出血是因为你有点儿胎盘边缘前置，后期应该会长上去的，平时多注意休息，不要太劳累，没有什么其他问题。但是建议留院观察一晚，你们自己商量一下。"

　　大夫会诊完，其他人倒还好，唯有胡金凤一个劲儿地说："住一宿，住一宿，在医院有大夫放心。"她又拉着黎卿卿咬耳朵说，"卿卿你没看见这里有电视机吗，咱们就在这儿看联欢晚会多好啊，回家又没事儿！"黎卿卿示意她先别说话，因为黎老太太正在那里跟程建设纠结，程建设也倾向于就在医院住一夜，但是老太太就絮叨说大年下的住医院不吉利，可心里也怕回去了再有什么闪失。刚才那个戴眼镜、厚嘴唇的小大夫正好过来送刚才检查的缴费单子，顺口问："你们决定了吗？要不要把观察的床位一起开了啊？"黎老太太看了看空空的观察室，嘴里嘟囔着哪有在医院过年的，被小大夫听个正着。他推了推眼镜，很认真地教育道："大娘，你思想真的太落后。我们不都是在医院过年的嘛，要是按你的说法，今天晚上就没人给你女儿看急诊了。再说了，今儿晚上要不是保胎是要生了呢？你难道还得让她憋着，忍到过完年再生吗？"话音刚落，就听见胡金凤哈哈笑得直抽气，她捂着肚子说："我只听说过憋屎憋尿的，从来没想过还能憋着不生孩子啊，哈哈哈……"小大夫一张秀才遇见兵的脸，丢了一句"你们商量吧"，转身回护士站了。大凤虽然知道被大夫嫌弃了，但是笑得实在太投入，缓了好一会儿。

四个人站在观察室里又商量了一下，黎老太太听着护士站重新传来的欢声笑语，自己劝自己说这里也挺热闹，也不像平时都是哭丧脸的医院，要不就住一宿吧。大凤一听不回去，头也不回地就跑去护士站了。

程建设跑前跑后交完钱，黎卿卿已经在干净的观察床上躺下了，两人都撵着黎老太太回家去，胡金凤已经在电视机那边看得忘乎所以了，黎老太太喊了她三声才听见跑过来。大凤惦记着晚会，自告奋勇地说让程建设送黎大娘回去，她留下来陪着卿卿。程建设说这不合适，哪有媳妇儿怀孕住院，自己回家睡觉的道理。胡金凤说那不要紧，我送黎大娘回去，然后我再回来，我也不放心卿卿，必须陪她。程建设还想再客气，黎卿卿就拽拽他的衣角，使个眼色让他别说了，不然依着胡金凤性子，那得争得没完没了。

胡金凤打着黎卿卿的旗号，把黎老太太送回家后又跑了回来，心愿得偿地跟一群护士大夫挤着看那台十四寸的小电视机。黎卿卿躺在床上，程建设坐在旁边，一会儿给她揉揉腰，一会儿给她按按腿，电视里有人唱歌的时候，他俩都能听得很清楚，但是一到了说相声的时候，就只能听见胡金凤肆无忌惮的笑声了。黎卿卿开玩笑说，大凤白天还在咱家跟我叨叨怎么全院都没有一台电视机呢，这下可称了她的意了，你瞧着吧，就今天晚上看了联欢晚会这事儿，她能翻来覆去地说到正月十五。

联欢晚会上，全国年轻观众都喜欢的歌手李谷一上台次数最多。每一次她出场，护士站都会自觉传出整齐的掌声，然后就是一片安静，若是这时候外面正放鞭炮，不免引得大家一阵抱怨。黎卿卿和程建设离得远，更是得竖着耳朵才能听见。也不知道是几点钟，黎卿卿有点儿困了，鞭炮声也渐渐没有那么激烈。好像李谷一刚刚唱完一支歌，空了没一分钟，就听见胡金凤高喊一声"卿卿"，紧接着她就奔了进来，黎卿卿还没反应过来，就被胡金凤拽着下地往外去。程建设被闪了个趔趄差点儿坐地上，正好捡着黎卿卿没来得及穿上的一只鞋，一路追出来。胡金凤在人缝里给黎卿卿找了个最好的位置，用手指着电视机，激动得说不出话来。程建设弯腰给黎卿卿穿着鞋，眼睛也盯着电视机。此时，歌曲正放前奏，黎卿卿这才惊讶地张着大嘴倒吸了一口气，原来是李谷一要唱《乡恋》了。这歌可是那个年代的经典金曲，连戏匣子里都听不到了，谁能想到有一天会在电视上看见真人演唱呢。于是，这群原本完全不认识的年轻人，如同研究国家大事般紧凑在一起，目不转睛地盯着电视机，连面部表情都是统一的欣喜若狂，共同聆听了一曲"靡靡之音"——《乡恋》。

无论怎么说，1983年的除夕，对于黎卿卿一家和胡金凤来说，都是难忘的。

那年的春天雨水很少，日日阳光灿烂。在晚了预产期半个月之后，天天踹妈妈肚子的程小柔终于跟大家见面了。程建设在产房外面听说是个女孩儿，差点儿一屁股蹾在地上。这个下意识的动作，被陪着去医院的胡金凤看到了，就讲给了黎卿卿，后来黎卿卿又说给程小柔，于是就变成了程建设落在女儿手里的把柄，时不常地要被拿出来说一说，取笑一番，他总是美滋滋的，像得了便宜一样，抿嘴微笑不说话。

也是在五月，胡金凤每天下了班就往医院跑，无论白班、夜班。二十岁的她终于坠入了爱河，对方就是那个戴眼镜、厚嘴唇、能说会道的值班大夫。

起先的几个月，胡金凤还有些羞涩。其实除夕那个晚上，她就看上了这个姓于的大夫，不过当时没敢多想。后来有一次陪着黎卿卿去医院做检查，刚好又遇上于大夫，而且这个人还挺热情，排队的时候帮忙给插了个队，省了不少时间。黎卿卿在市里最大的公园上班，作为答谢，特意送了他几张门票，是拜托胡金凤给送去的。这一来二去，胡金凤开始胡思乱想了，虽然两个人差距还挺大的，一个初中毕业，一个是恢复高考后的第一届毕业生，但胡金凤想，小于还是农村来的呢，她有城市户口，而且她还是国棉厂的正式职工，是预备党员，除了学历和两节手指头，其他的也不少什么。

于是，胡金凤对小于大夫展开了猛烈又含蓄的爱情攻势。

黎卿卿是在娘家坐的月子，天气刚好不冷不热的，黎老太太不让她出门，她就抱着孩子在屋里溜达，经常看见胡金凤隔三岔五地包饺子、炖猪头，惹得胡婶子一进家门就开始骂，说她不知害臊、瞎攀高枝、热脸贴人家冷屁股等，说得满院子的邻居都知道胡金凤倒追爷们儿，成了茶前饭后的八卦穗子。

好在胡金凤心大，并不在意，每天还是乐呵呵地上下班。进屋换下工作服、戴上红色的纱巾，就算不做好吃的也得抓把糖塞口袋里，骑上车子去医院，日日坚持。

程小柔很好带，按时睡觉、按时吃奶，黎卿卿整个月子坐得顺心如意。白天和黎老太太聊天说话逗孩子，晚上等着程建设下班回来全家吃晚饭，偶尔胡金凤还会跑过来给她汇报爱情进展。胡金凤说起于大夫时神采飞扬，黎卿卿就悉心听着，再适时奉上鼓励和微笑。但等晚上关了门跟程建设说悄悄话的时候，黎卿卿也会叹气，觉得胡金凤有点儿剃头挑子一头热，早晚是白忙活。那个于大夫在医院里和各个部门都很熟络，想必以后得是当领导的材料，胡金凤这傻丫头，张开嘴就能看见嗓子眼，哪能降得住人家。程建设倒觉得凡事没有绝对，只是叮嘱她千万别多嘴，各人有各命。黎卿卿嘟囔道："我知道，我就是跟你说说，我跟人家说得着吗？再好的朋友也不行啊！"

程建设和黎卿卿算是门当户对，一个是铁路工人，一个是事业单位的职工，两个家庭也都差不多，往上倒三代都是贫下中农，成分特别好。程小柔还不到一岁的时候，程建设在单位申请了一间宿舍，他们三口子正式离开大杂院，另起炉灶另开张了。黎卿卿在公园上班，工作日的时候也没人逛园子，她比较清闲，领导照顾她孩子小，可以晚去早走。她每天一早把程小柔送回大杂院，让黎老太太看着，晚上还不到下班的点就来接孩子。周末大家都休息了，公园人就多了，她不但得按时上下班，有时候还得加班。这么一来，她就很少能跟正常上下班的胡金凤再碰上了。

黎老太太偶尔跟她絮叨，说大凤不包饺子、炖猪头了，程建设也八卦说胡婶子骂人也不再提于大夫了。每次说起这些，黎卿卿都唉声叹气，给大凤抱不平。说大凤一米六八的个头，身材适中，银盆大脸，大眼睛大鼻子大嘴，虽说不上长得精致，但五官挺耐端详。关键是性格好，干活儿也好，以后结了婚肯定里里外外一把好手。那个姓于的有什么了不起的，这么挑三拣四。程建设在一边听着直乐，说哪有你这样的，反着正着都是你的理儿，早半年还说大凤看上于大夫是自不量力呢，这会儿又成了于大夫没什么了不起的了。黎卿卿翻个白眼，也不回答。

有个周末，公园游人如织，黎卿卿已经被喧扰的人群吵得没了耐性，收钱、撕票如机器人一般。忽然听着外面有个人边砸窗户边喊她的名字，她抬头一看，胡金凤咧着嘴冲她使劲儿摆手。

黎卿卿赶紧叫来一个同事临时帮忙，自己跑出去招呼胡金凤。

"你今天怎么想起来到这里玩了？也不提前给我说一声。"胡金凤为了看见售票室，自己爬到了维持秩序的栏杆上。黎卿卿赶紧过去扶着她跳下来。

"带朋友一起，我说不用买票，找你就行。我朋友还说怕你不上班呢。"胡金凤乐呵呵的。

"我怎么可能不上班？你们几个人啊？"黎卿卿一边说着一边下意识地往旁边看着。

"就俩人。"胡金凤有点儿脸红。

"男的女的？"黎卿卿一下来了兴致。

"男的。"胡金凤几乎是哼唧出了这俩字。

"对象啊？在哪儿呢？谁啊？咱街上的还是你厂里的？我怎么都没听我妈说过呢，这半年不见，你动作挺快啊！都一起逛公园了！人呢？"黎卿卿机关枪一样，胡金凤插不上话，只能低着头笑。

"说啊，人呢？"黎卿卿着急地推了她一下。

胡金凤这才回头，朝远处买冰棍的那人招了招手，就见一个穿夹克的男的，手里拿着三支冰棍儿往她们这边走过来。

就是于大夫，脱了白大褂，跟工人胡金凤很般配的于小青。黎卿卿迎着刺眼的阳光，确认了好半天，才伸出手摇了摇，跟已经快要走到她跟前的于大夫打了招呼，接过了冒着凉气的冰棍儿。

那天晚上下班回家，黎卿卿随便炒了两个菜，急躁躁地边吃饭边喂程小柔，不免弄得盘碗叮当响。程建设稍微提醒了一句，黎卿卿就甩了脸子，噼里啪啦地数落了一通，无非是嫌弃他早下班也不知道做饭，自己忙了一天回来还得继续忙，命怎么这么苦，倒了八辈子霉才找了你之类的老生常谈。程建设懒得搭理她，他下班早晚都没做过饭，不知道今天是谁惹了黎卿卿，让她忽然想起这个话题来。黎卿卿耷拉着脸，程建设就装看不见，只有程小柔乐颠颠地反复喊着妈妈。一宿无话。

没过一个月，有天黎卿卿下班回娘家接孩子。胡婶子随后就笑容满面地推门进来了，手里拿着一包红纸包的喜糖、一盒喜烟，递给黎老太太说："嫂子啊，大凤嫁人了，姑爷家不是咱这里的，就不请你喝喜酒了，特意来给你送喜糖、喜烟。"黎老太太和黎卿卿忙不迭地围着她祝贺，黎老太太很意外，说："也没见带回家来吃饭啊，找了哪里的人？"胡婶子就说："是个大夫，卿卿见过，说是上个月两人逛公园还找的卿卿省了票呢。"黎卿卿下意识地问了一句："真结婚了啊？"黎老太太顺手打了黎卿卿一下，说："这是什么话，结婚还有闹着玩的吗？"黎卿卿赶紧解释说："没想到这么快，真好，真好！"

送走胡婶子，黎老太太问黎卿卿："大凤的对象真是那天晚上给你看急诊的大夫吗？厚嘴唇、说我思想落后的那个？"黎卿卿点点头。

晚上吃饭的时候，黎老太太给程建设汇报这个新闻，还感叹，平时看大凤傻乎乎的，找对象这事儿上人家还真有数，等着等着，等来了好的。程建设就很随意地搭了一句，不就是个大夫嘛，有什么好的。一直没说话的黎卿卿翻了个白眼儿说道："反正比你强。有学问、工作好，还勤快。"程建设被批得莫名其妙，碍于守着岳母，没继续搭茬儿，随便找了个话题岔开了。

晚上回到小家，黎卿卿哄睡了孩子，关了灯，程建设听见她来回翻身，大概是没睡着，就主动问她："大凤结婚了，你不替她高兴吗？"黎卿卿说："高兴啊。"程建设憋着笑，说道："我怎么觉得你不高兴呢，莫名其妙发火那天，不也是因为白天人家两人找你逛公园去了？"黎卿卿沉默半响，才回话说："这个于大夫算是咱们院子里工作最好、学历最高的了，我估计他工资也比咱们都高，大凤这一下子可真成了凤凰了。"程建设赶紧抓过黎卿卿的手，隔着熟睡的程小柔，安慰她说："别羡慕人家，咱们这不也挺好的吗？院里都没有单位分房子的，但咱有，他们都还住平房，咱现在是楼房。对不对？而且以后咱肯定越来越好。"黎卿卿被这几句话温暖了，也回应程建设："我没说咱不好，我也没羡慕大凤，一个大夫，又不是找了省长。我就是觉得，她从小读书也不好，工作就那样，结果找了个好对象，就一下子把前面没努力落下的全都补上了，你说是不是……算了，我不该这么想，人家好了，我该高兴！"

甭管高兴不高兴的，反正从大凤结婚之后，他们就几乎再也没见过面了。先是大凤搬去了于大夫的宿舍，后来胡婶子跟别人换了房子，没过几年大杂院被拆迁，住了半辈子的老街坊，就这么散了。

程小柔成长的过程中，对大杂院的记忆寥寥无几，胡金凤这个阿姨她更是连听都没有听说过。

02

假面蜜友

2013年的春天，程小柔三十岁，柳絮依然，春光灿烂。

三十年一晃而过，身边的一切似乎都已发生了翻天覆地的变化。无论多么珍贵的东西，都会随着时光悄悄流逝，哪怕是最为生机盎然的春天。

程建设已经从小伙子变成了老程同志，黎卿卿因为生程小柔胖了二十多斤，再也没瘦回去，一个妙龄少女成功转型为成熟女性，在家中占据绝对的领导地位，被程小柔爷儿俩尊称为黎女士。

程小柔也实现了自己跟自己的约定，在三十岁生日这天，把自己嫁出去！

婚礼地点选在了程小柔的家乡，到场的大多都是老程同志和黎女士的亲戚朋友。婚礼的一应事宜都是老程同志张罗。程小柔说她有两个朋友是一定要叫的，一个是陆荻，一个是大盛姑娘。只不过，这两个人给她的回复，都是"可能来不了"。

程小柔在家里抱怨，说哪有这样的朋友，一起玩了这么多年，当初一个个叫嚣着，新郎是谁不重要，伴娘一定不能换，如今居然都这样。

陆荻不来，找的理由冠冕堂皇、十分客气，虽然距离婚礼还有三个月，但那天她一定会去香港出差，而且连补救的办法都一并说了——回头请你吃大餐。程小柔说："为了躲开我的婚礼，还得特意出趟远门吗？"老程同志满不在乎地说："这很正常，要是她先结婚邀请你，你可能也得出差。"程小柔说："为什么？"老程同志说："我不骗你，你们女人的友谊都是建立在优越感之上的，只要你有一点点比她好，哪怕只是看上去的，她心里也不平衡，什么时候她觉得你过得不咋地了，你们的友情就会恢复了。不信？你问你妈。"黎女士正在认真看着电视，听见这话，头也不回地随口说道："问我干吗？我又不知道。"老程同志说："你忘了？那时候大凤找了个大夫，你就不和人家联系了。"黎女士瞬间翻脸，骂道："滚，少拿我举例子。我不联系是因为拆迁，和人家找大夫有什么关系？再说了，大夫就是比你强！"说完转身就进卧室了。老程同志冲程小柔摊了摊手，表示无奈。

其实，老程同志说中了女儿的心思。按照程小柔现在和陆荻的关系，大可不必叫她。但是，程小柔在婚礼上最想看到的就是陆荻。

要说原因，还得从她跟陆荻的友情开始说起。

在某种意义上讲，陆荻是程小柔第一个真正的好朋友。她们既不是同学，也不是邻居，生活中几乎没有任何交集，是从陌生人自然成为朋友的。两人第一次见面，是参加市里的演讲比赛，陆荻得了一等奖第一，程小柔一等奖第三。颁奖合影的时候，十六岁的程小柔显得十分生涩，被热情的颁奖嘉宾推来挤去，就要被挤下台的时候，忽然有一个人拉住她，直接把她扯到了台中间，并小声告诉她，别往旁边靠，站中间。这人就是少年老成的陆荻。

高中生活特别枯燥。程小柔的学校管理严格，一周上课六天半，周日下午的家庭作业，多到大家宁愿继续上课。其他时间里，谁要是想出一趟校门，相当于得上演"肖申克的救赎"，成功概率极低。程小柔成绩中上，不能算作是努力学习的，但也不惹事，比较没有存在感。跟陆荻成为闺蜜之前，程小柔误认为自己就是这样一个平淡无味的人。

陆荻个子小小的，跟程小柔一样，也是鸭蛋脸、大眼睛、近视眼，但她爱美，戴隐形眼镜。程小柔很羡慕。陆荻平时不穿校服，和她的校园生活一样，很特别，程小柔也羡慕。她还有一个索尼的walkman，一天到晚塞着耳机，她告诉程小柔："有一个歌手叫张信哲，你知道吗？唱《宽容》的那个人，超好听。"程小柔推着眼镜摇了摇头，陆荻张大了嘴问她："你连张信哲都不知道！那你平时听什么？"程小柔仔细回忆了一下，说："《九月九的酒》。"陆荻五官扭曲地呈现出疑惑的表情，程小柔唱了几句"走走走走走啊走，走到九月九"，陆荻一连喊了六七个"好啦"，阻止住了五音不全的程小柔。陆荻说："你这人也挺有意思的，这歌唱的节日和内容都跟你不大相符啊！"不等程小柔羞愧，陆荻又拍着她的肩膀安慰道："从今天开始，你认识我，就认识张信哲了！以后得听港台流行歌曲，咱们得搞艺术，明白了吗？"程小柔当然不明白，她连什么是艺术都不明白，怎么会知道如何搞。

在某种程度上讲，陆荻还得算程小柔半个领路人。那次演讲比赛结束后，两人在庆功宴上聊天，随口说起了高考的目标和未来的梦想。陆荻说："我要考北京电影学院导演系！我以后要做导演。"程小柔弱弱地问她："导演这个是能学的吗？还有教这个的？"陆荻不屑一顾地说："当然！而且不用考数学……"陆荻后面还讲了很多关于"学导演"的好处以及这个专业多么牛，但程小柔只记住了一句——"不用考数学"。她激动地飞奔回家跟黎女士汇报，说我得考那个北京电影大学，考导演，因为不用学数学。黎女士听完，一本正经地跟她说："你以为什么人都能考那个学校吗？那得是张艺谋的闺女才能考的！赶紧给我做作业去！写不完别睡觉。"程小柔高涨的热情瞬间被浇灭了，心中还剩个疑问：那么，陆荻她爹是谁？

陆荻的高中是省重点，门口一个大大的斜坡，斜坡上面是巨大的牌坊，让人不得不仰望。在程小柔的记忆中，每次经过这儿，黎女士总是要感叹一句"也不知道谁家的孩子能考上",搞得程小柔提前自卑了很多年,好在最终确实没考上,也没白费了那些自卑。所以,程小柔一听说陆荻是这个学校的,羡慕之情油然而生。最重要的是,陆荻谈吐之间流露出来的那种跟各科老师都如同好友一般的关系,更是让程小柔开了眼。

陆荻常常约着程小柔去看电影,她说不看电影没法儿去考电影学院,可是程小柔请不了假。有一次,晚自习前,班主任忽然把程小柔叫到办公室,一番苦口婆心地劝慰,说很理解她此刻的心情,但还是希望她自己能够及时调整,毕竟高考近在咫尺。程小柔听得一头雾水,老师又热心地给了她两套卷子,说这两天的晚自习虽然不能参加,但是作业还得跟上才行。程小柔插不上嘴,老师又说你表姐就在门口等你呢,直接去医院的话会不会有点儿饿啊?说着,老师又打开自己的抽屉塞给程小柔两块旺旺雪饼。

程小柔拿着卷子和旺旺雪饼被老师送出办公室,在走廊的尽头看见"焦急"等待的陆荻。她恍然大悟,跑向陆荻,两人又一同给班主任深情的再见。

"你咋跟我老师说的?他从来没有准过任何同学的假!我们班发烧的都得带着药来上课。"程小柔崇拜地看着陆荻。"这有什么,以后要做导演的,连老师都骗不了怎么骗观众。"陆荻一脸不屑。"你教教我，你怎么说的？"程小柔还是不死心地问着。
"我就说咱俩的姥姥病危了，你妈，就是我小姨打了电话叫我来接你，一起去医院看姥姥。今天明天都是关键时刻，挺过明天晚上就好了。你老师立即就同意了，还说如果需要明天白天也可以不来的。""老师信了？"程小柔有点儿不太敢相信。"嗯！信了呀！对了，我记得你说过姥姥已经去世了，对吧？我没咒她吧？"陆荻很认真地问道。"没有没有，我姥姥是去世了。可是你姥姥不还活着吗？你刚才那么说……好吗？"程小柔毕竟是个缺乏锻炼的，这么点儿小事儿来来回回地纠结。"没事儿，明天你来了，咱姥姥不就是脱离危险了嘛！"陆荻骑上自行车，扬长而去。程小柔使劲儿在后面追着。

很长一段时间，她俩的关系就是这样的，一个在前面开疆拓土，一个在后面穷追猛赶。

那天晚上陆荻并没有带程小柔去看电影，而是去了一个很偏远的地方，上了一堂莫名其妙的课。后来艺考繁荣，称这种课叫作考前辅导。程小柔刚到那里并不太喜欢，因为地方实在破旧，是一个郊区的小平房，里面没有暖气，没有空调，连窗户都没有。只有一张破桌子和一把木头椅子，有个六十多岁的老头儿，说自己是老师，坐在椅子上。地上铺了一件军大衣，几个跟程小柔差不多大的学生，都坐在军大衣上。他们都不穿校服，也不穿棉衣，冻得嘴唇发紫却还说不冷。男生抽烟，女生偶尔也抽。陆荻显然与他们很熟悉了，简单跟他们介绍了程小柔，就开始上课。上课的内容，倒是让程小柔觉得很新鲜，再也不用看黑板做作业，而是出一个题目大家围一堆讨论，然后再分别扮演不同的角色把这个商量好的故事演出来。虽然大多时候故事都很扯淡，但是这种可以不停说话、必须表达的课堂实在是很吸引人。

那位年长的老师让程小柔随便讲个故事，程小柔有点儿无所适从，他又启发了一下，说就讲一个像小红帽和大灰狼一样的故事，讲出来就好。程小柔还是不知道该怎么开口，老师有点儿失望，说下一个同学吧。陆荻噌地从军大衣上蹿起来，说程小柔讲得可好了，老师您给她出个题目她就会了，随便讲她就不大适应。于是，程小柔拿到了她瞎编乱造的学习生涯中的第一个题目——"一张电影票"。

至于那天讲了什么、讲了多长时间、讲得好不好，程小柔都已经记不得了，她只记得紧张到口干舌燥、面红耳赤。说完的那一刻，陆荻坐在地上使劲儿鼓掌，一脸宠溺。程小柔照单全收，完全忽略了老师的评语和其他同学的目光，陆荻给她的勇气，一直撑到她站在高考的考场上。

程小柔因为那个故事顺理成章地被老师留下了。但尴尬的是，黎女士和老程同志还都不知道这件事。老师通知程小柔第二天继续上课并带好课时费，一天八十块钱，天天上，一直到考试！回去的路上，程小柔有些闷闷不乐，陆荻问她："你不喜欢？"程小柔摇了摇头，路灯昏暗，两人又在骑车，陆荻没看清，凑近了又问了她一遍。"不是，主要是我没想过要学这个。"距离高考还有大半年，程小柔稍微想了一下她那些头悬梁锥刺股的同学，一阵意乱心烦涌上来，她干脆停下了自行车，一屁股坐在了马路牙子上。

"主要是学费太贵，而且万一学不好怎么办？"这才是问题的关键。一天八十，十天八百，老程同志一个月的工资七七八八算在一起，差不多是一千块钱。黎女士在公园里有个小咖啡店，淡旺季明显，每月平均下来比老程同志也多不了多少。要父母负担这样的学费，懂事的程小柔有点儿张不开嘴。

"你给他们算个账啊，考不上大学还得复读，复读还得报各种辅导班，左右都是花钱，还不如把钱花在刀刃上。"陆荻这笔账算得明明白白，无懈可击。

程小柔依然心疼，没有作声。

"反正明天见吧，不会考不上的。这个老师挑中的都能考上。"陆荻见程小柔磨磨唧唧，撂下一句话自己先骑车走了。

程小柔跟在后面，想不出回家该怎么开口。

车子刚拐进小区，程小柔就看见了一个反着路灯光亮的脑袋，正是中年谢顶的老程同志。程小柔瞬间感觉不妙，这个点儿老程同志应该在家看电视，忽然站在这儿等她，有可能是东窗事发了。

果不其然，老程同志一脸严肃地上来就问了一句："干吗去了？"程小柔还想抵抗，没事儿人一样地说："上学啊！"老程瞪了她一眼说："你等着你妈揍你吧！"说完头也不回地就上楼了。

程小柔进了家门，连鞋都来不及换，就听黎女士暴跳如雷地吼了起来。

在当妈这件事上，黎女士虽然也是第一次，但她十分认真且称职。小学时候，程小柔铅笔盒里多一块橡皮，黎女士都得问问哪儿来的。后来读了初中，黎女士经常在放学的时候，远远地跟着独自骑车回家的程小柔，打着"看你会不会过马路"的幌子，实则是担心程小柔早恋。后来读了高中，程小柔也有倾慕的小男生，但想想有一个猫在某个角落看她会不会过马路的黎女士，程小柔就作罢了，她嫌解释起来麻烦。今晚也是太巧，撞在黎女士去学校例行检查的枪眼上了。

黎女士声音之大、气势之凶猛把没有做好准备的老程同志也吓了一跳，原本想拉她一下，黎女士顺势甩开了老程同志的手，一副

"谁招我，我咬谁"的架势，程小柔吓得连打好的腹稿都忘了。

但她遗传了母亲的基因，吃软不吃硬，在自己毫无准备的情况下，莫名其妙、旱地拔葱地也狂喊了起来。内容就是她在给自己的高考寻找新的出路，她已经十八岁，不是小孩子，不喜欢黎女士天天防贼一样地盯着她，她有自己喜欢的事情并且一定要坚持，谁反对也不行，等等之类。黎女士和老程同志被她这一举动吓得反倒没了动静。

敌方过早地缴械投降，让满血战斗的程小柔一时间不知道该往哪里开枪了。三个人瞬间又陷入了长久的沉默，场面之尴尬，前所未有。

老程同志慌乱中在客厅点了一根烟，黎女士下意识狂吼"滚出去抽"，老程同志赶紧抱歉起身，黎女士又发现自己打击错了对象，联合阵营里不能没有老程，便找了个台阶说"打开窗子再抽"。程小柔很识趣地去开了窗子，尼古丁散出去的一瞬间，感觉家中凝重的气氛也随之化开了。

关键时刻还得是老程同志。他言简意赅地询问了程小柔的去向以及原因，程小柔也尽量冷静地把前后原委叙述了一遍，中间还重点介绍了一下陆获。老程同志和黎女士竟然没有提任何反对意见，两人互相看了一眼，说明天商量一下再说，先睡觉。

程小柔一夜没睡好，吃过早饭悻悻地打了招呼就出门了，黎女士对昨晚的事情只字未提。程小柔失落到了极点。

到了学校情况更差，整整一个上午，她什么课都没听进去。因为撒谎，被班主任一通冷嘲热讽，同学们原本已经为高考拼红了眼，听说她还有心思旷课，居然都投来"拜托你赶紧出去玩耍"的鼓励目光。而且程小柔也担心陆荻再来找她，又觉得忽悠了那位老师，自己像个骗子……十八岁的程小柔第一次体会到了关于"人生和未来"的举棋不定。

其实，老程同志和黎女士并未把昨天的事忘掉，他们认真商量过后，一起请假来了学校，跟程小柔的班主任详细聊了程小柔的打算和想法，又咨询班主任的意见。一切以升学率为导向的班主任，虽然听不懂程小柔想要学什么，但他一听说可以不用算数学成绩，瞬间就从疑惑、反对变成了鼓励，说程小柔真是个明白孩子，能给自己找到这么个出路，简直就是完美自救，否则累死她也只能考个计划外的本科。

黎女士从来都是尊师重教的，老程同志还有些担心，但黎女士已经完全转变了思想。从学校出来直奔银行，取了一千块钱，自己留了一百五十块做家用，又跑回学校把剩下的塞给了正发愁得走神儿的程小柔，连后面一个月的晚自习假都向老师请好了。

原本以为多么难攻克的问题，居然就这么简单解决了，程小柔晚上按时出现在陆荻面前。数九寒天里，陆荻在离教室老远的地方迎接她，两人正式成了一根绳上的蚂蚱。程小柔用黎女士多给的那五十块零花钱，斥巨资十元，请陆荻在路边吃了鸡丝米线，用套着塑料袋的碗盛着，热气腾腾，也不知放了什么佐料，她俩觉得超级好吃，最后连早就凉了的汤都喝光了。

那一天，陆荻肯定想不到，三个月之后，程小柔收到了所有报考的艺术院校的合格证，而她一个也没有。程小柔也不会想到，她百般感谢的陆荻，当初费那么大工夫拉她来上课，仅仅是因为成功拉一个同学，就可以减免一半学费。

这件事程小柔是一年之后才知道的。大一的寒假，她作为那个辅导班里去向最好的学生，被邀请回去给下一届学生做报告。程小柔苦口婆心地告诉师弟师妹要好好学习，才能对得起这么贵的学费，大概是有点儿絮叨了，有个小姑娘说学费还好吧，一节课四十块，我妈说不贵……程小柔以为自己听错了，想确认又不愿意相信，搞得心里痒痒的，后面讲了些啥都不知道。做了好半天心理建设，自己劝着自己，想说算了，大概是去年的同学都考得不好，所以今年老师降价了。谁想到老师大概有点儿不好意思，竟然在结束的时候主动跟程小柔解释，说你可能因为来得太晚，所以后面才没有介绍到同学减免学费，言辞之间还想请程小柔不要责怪。程小柔那会儿哪能顾得上老师，满脑子都在想陆荻：为什么陆荻不跟自己说清楚这件事呢？合着所有的同学都知道这个政策，就她一个人是傻子？

陆荻好意思瞒着她，但她却不好意思问陆荻。

这个小插曲因为距离事发时间太久，程小柔只是别扭了两天，就过去了，并没有真正影响她俩的关系。反倒因为程小柔每次放假回家，陆荻都会像尽地主之谊一样陪她，两人的友情似乎越来越坚固了。

后来程小柔毕业，虽然不甘心，但因为没有更好的去处，不得已又回到不那么时尚的家乡。就像远飞的雏鸟，越是努力地翱翔过，就越不想再回到暖巢。程小柔早已褪去了当初刚到上海的羞涩，她深切地喜欢这个大城市的快节奏，她适应那种每一次做事都像要豁出命去的架势。通宵排练、蹲在路边吃盒饭、躺在剧场里睡着，所有的这一切都让她觉得是青春正在生命里打卡，嘀嘀嗒嗒的声响，那么悦耳。

回家之后，虽然工作内容还是她熟悉的戏剧，但样子却完全变了。她遇到一个好心的前辈，跟她说的第一句忠告就是：这个世界上并没有什么事情是值得为之抛头颅、洒热血的。按时地上班下班、按部就班地批改作业、隔三岔五参加一次同事聚会，或者吹嘘辉煌的曾经，或是咒骂无力的现实，无论多么激情昂扬，结束之后还是什么都不会改变，照旧如常。不用谈创作，创作在没有人在意的时候毫无价值；不用谈未来，未来在金钱面前可以被很多东西所量化。所以，她身边很多同事，三十岁的时候在聊养生，她不是觉得不好，只是在怀疑是不是有点儿太早。

她说生活对她而言，就像是忽然吃到了水蜜桃，她惊呼这好吃啊，却发现没有第二个了。于是，她每天都劝自己忘了水蜜桃，忘了吧！她努力开始新的生活，她好好工作，她读书、继续学习，开始社交，安排闲暇时光。可日子就是这样讨厌，既然是新的开始，那就会跟旧的比较，越比较越觉得失去的最好。那段日子，多亏了陆获，几乎是日日夜夜地陪她，带她参加各种聚会，认识很多新的朋友。

宁远就是那时候出现的。

他是陆获的初中同学，高考没考好去了法国留学。2007年那会儿，大街小巷开满了KTV，是各年龄段人群聚会的首选。程小柔和宁远第一次见面就在KTV的包间里。陆获喜欢热闹，每次都会有一大群相互之间没什么关系的人被凑到一起，大家唯一的共同点是都认识陆荻。

这种凑热闹一样的聚会，程小柔虽然厌倦，却没有能力拒绝。至于是否开心，则要看她当天的状态。见到宁远的那个晚上，她因为白天无故翘班被领导训斥了一顿，情绪相当糟糕。那天人又很多，一拨一拨地来个没完没了，就像《爱情呼叫转移》里的那顿长桌宴一样，最后新来的、早走的、出去又回来的，大家都懒得介绍打招呼了，只顾着自己和那一两个认识的人，或是喝酒，或是唱歌。四个麦克风永远不知道在谁手里，程小柔原本还点了两首喜欢的歌，但总被插歌，一直轮不到，好不容易起了前奏，还没等她找到麦克风，就不知道被谁点了切歌。就连最后她想跟陆荻说一声先走了，都找不到陆荻在哪儿。

临近午夜的KTV里，歌声尤其难听，一群喝多了的人来这里吼歌解酒。穿过金碧辉煌的走廊，听着路过的包间里传出的鬼哭狼嚎，程小柔心想，传说中的白公馆和渣滓洞大概就是这样的吧。

程小柔站在洗手间的镜子前，仔细看着镜子里的脸，戴着时下流行的灰色美瞳，化着小烟熏妆，更显得眼睛大，加上点儿倦怠的情绪，很像一只脾气不好的猫。二十四岁，花儿一样的年纪，怎么会这么无聊呢？干点儿什么不好，为什么要这样荒废时光？奔跑在上海的剧场里，上蹿下跳地演出、跟灯服道效化各部门开会谈构思的情景还历历在目，不过也才过去一年。那些说好的梦想呢？那些所谓的信仰呢？早知道四年大学读过之后是这样的日子，当初干吗问爸妈要那八百块钱去学讲故事！

程小柔越想越失落，越想越难过，对着镜子里的自己就哭了起来，梨花带雨，戏精上身似的，边哭边跟镜子里的自己对话，什么你为什么不辞职啊，你怎么找不到男朋友啊，你就是没人喜欢啊，等等，一问一答的，十分投入。直到镜子里忽然出现一个侧着脸看她的男人，她第一反应赶紧闭了嘴，低头开了水龙头洗脸，冷水打在脸上的瞬间，一下子清醒了，这是女洗手间，旁边这个还在盯着她看的男人肯定是个流氓，她狠狠地瞪了那个男人一眼，瞪到他面红耳赤低下了头。程小柔转身抽了一张纸巾擦手，不死心地又说了一句"流氓"，声音不大，只有自己和对方能听见，如果对方恼了，也可以推托说"你听错了"，就是那种刚刚好的音量。随即趾高气扬地走出洗手间，此时又有一个男人跟她擦肩而过，程小柔善意提醒说："你走错了，这边女士。"那男人赶紧退了出来，说："不好意思，不好意思。"程小柔款款地回以微笑。但是，没走出去两步，就听见身后有个声音说"没错啊"，程小柔心里一惊，转身发现，镜子里的男人刚好出来，说"没错的"那个男人走了进去，就是刚才自己待了半天的那个洗手间！

她尴尬到要死，三两步跑回包间，心想幸亏没熟人看见。刚找到一个角落的空位子坐下，就看见镜子里的那个男人也进来了，他也在找位子，好巧不巧的，满屋只剩下程小柔身边还有一个空位，男人奔她而来。

宁远坐到程小柔身边之后可是只字未提洗手间事件。目睹程小柔一个人照着镜子哭成那样，宁远猜想这个姑娘八成刚分手，至少是受了委屈，他开始主动地想要劝慰程小柔。但是程小柔因为太过尴尬，一直连正眼看宁远的勇气都没有，虽然两人近在咫尺，程小柔却找了各种行动示意宁远不要交流。她越是这样，宁远越是觉得这个姑娘需要温暖，于是绅士地给她递矿泉水、递果盘、递纸巾、递薯片、递桌子上一切能递的东西，每次都是笑笑，也不说话。虽然表面上程小柔没有回应，但是心底还是感激的，趁着灯光昏暗，程小柔偷瞄了他好几眼，又回忆起镜子里的那张脸，应该是个长得还不错的小伙子。场面依旧混乱，但程小柔竟然觉得就这样坐着，也还不错。

陆荻招呼了八方来客之后，回到程小柔身边，坐下来先点了一支烟，程小柔被呛得使劲儿用手扇了扇。宁远正在唱歌，好不容易轮到的。他一手拿着麦克风，一手装作若无其事地抄起面前的餐单也扇了起来。陆荻没好气地笑话他："你至于吗？装什么不抽烟的呢！"宁远唱着"爱恋伊，爱恋伊……"，转头冲她俩笑。程小柔跟陆荻说："太晚了，得回家了。"宁远就在一边大声说："切歌吧，后面不会唱了。"然后一群人喊："唱得不挺好的嘛，这歌八百年没听过了。"宁远凑过来，还没等说话，聪明得像个小狐狸一样的陆荻先发制人："干什么？想送美女回家吗？"程小柔脸一下就红了，宁远嘴也不软，说："是啊，外面有流氓怎么办？"说完还看了程小柔一眼，程小柔觉得他话有所指，很不舒服，就装作没听见。陆荻自然是不能放程小柔走的，软硬兼施地求她，说是几个朋友给她提前过生日，所以无论如何都得等到切生日蛋糕才行。程小柔拗不过她，只能继续坐着。宁远意识到自己说错话了，再没敢吱声，安安静静坐在一边，气氛重回尴尬原点。

那天散场，大家都站在门口分配车子，原本宁远站在程小柔身边，但陆荻非要送程小柔回家。在出租车里，微醉的陆荻问程小柔对宁远印象如何，这一听就要八卦的节奏，程小柔怕陆荻奚落她，有点儿不好意思地随口说了句"长得还行"。陆荻一下子来了兴致，说："你也觉得他帅？他去了法国留学，跟大变活人一样，要是之前长这样，他追我的时候我就同意了。"陆荻的语气略带遗憾，但又似乎散发着某种坚定，而程小柔的不好意思瞬间荡然无存。

回到家，程小柔躺在床上失眠了。宁远，一米八多的大个儿，络腮胡子被刮得干干净净，留下青絮絮的胡茬儿像打了侧影，显得脸更瘦、更立体，单眼皮，又挺又直的鼻子，宽肩膀，窄胯，细长白净的大手，短头发，身上有肥皂的香气。所有这一切，都是程小柔喜欢的。他坐在她身边递这递那的时候，程小柔还以为他喜欢她呢。想想也是自作多情了，初次见面是在男士洗手间，完全不是一见钟情的场所。再加上穿的衣服也格格不入，跟那些热裤、牛仔、帆布鞋比起来，她的长款绿T恤简直让自己像路边弃用的邮筒。跟陆荻在一起的合影，她看着比人家大上五岁，整个人清汤挂面一样，没滋没味，一屋子那么多人连个搭讪的都没有，又怎么会吸引最帅气的宁远？

幸而陆荻透露了宁远的底细，不然程小柔也许还会想入非非。她原本就是个不太自信的姑娘，没有把握的事情，为了避免别人笑话，多数时候会选择不表达。

后面一连好多天，陆荻老是给她打电话，翻来覆去地聊宁远。程小柔原本还有点儿心结，不想发表意见，结果就遭到埋怨说她不关心朋友。程小柔不得不心平气和地听她描述、陪她分析，聊着聊着，连程小柔自己都忘了她也是喜欢那个男生的，只记得陆荻的后悔和必须追回来。

　　程小柔再一次见到宁远是在自己的生日宴上。她只邀请了陆荻，但陆荻来的时候挽着宁远。陆荻还送了她最喜欢的向日葵，张嘴闭嘴都不再提宁远的名字，只是称呼"他"。向日葵是"他"选的，听说你过生日"他"也要来……程小柔那顿饭吃得挺失落，宁远很热情地主动跟她喝了好几次酒，她都淡淡地应付了，甚至都没看"他"。

　　她想生气，但也气不起来，毕竟喜欢宁远这件事，世界上除了她自己也没有第二个人知道了。于是她就更羡慕陆荻，敢爱敢恨，敢于表达。陆荻说得对，自己就是太小心、太不自信、太没有魄力、太循规蹈矩、活得太没意思！

　　很长一段时间，程小柔真的不想见到陆荻，也不想接到她的电话，她怕陆荻甜甜蜜蜜地跟她聊宁远，更害怕哪天又拉着宁远跟她一起吃饭。

　　陆荻的确也没联系她，应了"重色轻友"这句老话，程小柔更郁闷了。

　　程小柔回家不絮叨陆荻，老程同志和黎女士都觉得不对劲，主动询问："难道是吵架了吗？"程小柔摇头说："怎么可能？人家忙着谈恋爱呢，没工夫找我。"黎女士就笑着说："我早就说了，你们天天混一块儿就是闲的。你也赶紧忙点儿正事吧！"老程同志也趁火打劫，说："以后结了婚，就更不会一起玩了。傻呵呵没心思的也就这两年。"程小柔懒得接荐儿，老程同志和黎女士闲扯到老远，七大姑八大姨地倒回去很多年，都是些听到能背下来的老皇历。长大后的家庭聊天，总是这样的。

其实这只是她们俩友谊进程中的一个小插曲，随着宁远假期结束回法国，很快就翻篇儿了。陆荻对这一段感情的描述非常简单，就是谈不了异地恋，再没别的了。程小柔也没见她有多么伤心，想来还是在一起的时间太短。

从二十四岁到二十八岁，程小柔一直跟陆荻厮混着。无论陆荻做什么，看上去都是紧锣密鼓、热热闹闹的。陆荻好像各行各业都尝试过，有一段时间，她还跟朋友一起承包了某建筑工地的渣土运输。程小柔怎么也想象不出，一米六高的陆荻，是怎么踩着高跟鞋站在工地上，指挥一群光着膀子、扯着嗓子的老爷们儿开着大翻斗车进进出出的。

陆荻不知道从哪里搞来了一辆二手切诺基，那时候她刚学会开车，整个人陷在座位里，迎面看上去特别像无人驾驶。她经常开车接程小柔下班，程小柔坐在副驾驶位上。每到转弯、上坡、超车、并道等稍有难度的技术操作时，程小柔都不自觉地举手抓住车窗上方的把手，就像也握住了方向盘一样，替陆荻使劲儿。陆荻不止一次批评过她，说程小柔你就是胆子太小。

程小柔深刻地自我剖析过，她的这种脾气性格就是因为遗传。她的爸爸老程同志，虽然看上去很刚、很倔强，但其实并没有狠劲儿，而且做任何事情都是瞻前顾后，从来没有过那种"不管了，先干再说"的情况。所以说，虽然老程同志工作认真、受领导重视、群众喜爱，但他自始至终都只是国企里一个中层小干部，忙到退休，只有一套单位分配的房子而已。与那些曾经隔三岔五到程小柔家蹭饭吃的叔叔比起来，她爹简直是太老实了，那群当初跟在他屁股后面的小老弟早就迎着改革的春风利用国企资源开了自己的公司，基本告别了"退休"这俩字。老程同志对自己的总结也很到位——没有野心，与实力匹配。

程小柔觉得自己身上就有老爹的这些性格痕迹，做事太过四平八稳，没有任何魄力，她从小就没有干过任何出格的事情，连老师见家长的情况都没有过。这种也不能说是性格缺陷，顶多算是个遗憾吧。

那么，同理可证，陆荻的爸爸一定也跟陆荻一样，是个把日子过得风生水起的人，至少也得特别能折腾。程小柔从来没有去过陆荻家，也没见过她爸妈，她光是想象一下，都能感觉到陆荻的成长环境跟自己得有多么不一样。

直到那天夜里。

陆获很少有惊慌失措的时刻，至少程小柔从来没有见到过。程小柔那一阵子脑袋发热报了新东方的考研英语班，每天晚上六点钟去跟一群大学没毕业的小朋友一起学习英语，白天不上班还好，赶上刚下班的话，三个小时的英语课简直就是与困神斗争的主战场。程小柔好不容易挨到九点钟下课，又坐了四十分钟的公交车，车上的空调温度开得特别低，下车迎面一股热浪，瞬间就有点儿要热伤风的迹象。进门之后，黎女士和老程同志出门遛弯儿还没回来，桌上摆着给她留的晚饭，程小柔没胃口，冲了个热水澡直接上床睡觉了。

大概因为寒热往来要感冒，程小柔睡得特别不踏实，黎女士和老程同志回家，看见桌子上的饭没动过便推门进来看她，出去后又开了电视机，等等，这一切动作，程小柔都听见了，就是懒得睁开眼睛。好不容易家里都安静下来关了灯，程小柔觉得自己好像刚刚睡熟，就听见老程同志在客厅敲她的门，喊她说电话一直在响，很久了。

程小柔在黑暗中也摸不到眼镜，老程同志推开门把手机递到她手上，说是陆获打的。程小柔晕乎乎地按了接听，还没放到耳朵边上，就听见陆获在那边泣不成声，嗷嗷喊着"程小柔你快来"。老程同志大概也听到了，赶忙把家里的灯都打开，程小柔瞬间清醒了，一边穿着衣服一边问陆荻到底怎么了。陆荻哭得几乎说不清楚话，程小柔拿着手机都要冲出门去了，才听明白，陆荻的爸爸心脏病突发进了抢救室。

老程同志和黎女士都是热心肠的，听说后就要跟着程小柔一起去医院。程小柔说人家家里人估计也去了不少，现在还不知道具体情况呢，别都聚在医院，搞得就像已经怎么样了似的。老程同志觉得也有道理，就嘱咐她如果需要钱或者托熟人之类的，就再给家里打电话，一起想想办法。

程小柔大半夜的打车跑去医院，刚穿过漆黑宁静的夜晚，急诊室的灯火通明和唉声叹气更让她觉得不寒而栗。她站在急诊室分诊处，不敢四处乱看，生怕见到生离死别。给陆荻打电话也一直没有人接，程小柔哆哆嗦嗦地拿着手机给陆荻发消息。这种场面她还从未自己经历过。记忆最深的还是十多年前，程小柔的姥姥黎老太太脑出血，也是这样的夜里，程小柔被堂叔从奶奶家接到医院的急诊室，也是穿过躺满了病人的走廊，在最里面一间急救室里，看到插着各种管子的姥姥。她当时还小，并不太明白"抢救""病危"之类词语的意义，只记得妈妈拿着一个小脸盆，里面放了一块小毛巾，等她看了看姥姥，就把她叫到门口，盆里接了热水，冬天里看着那些热气十分清晰。脸盆被放在石头台阶上，妈妈低着头摆了两下毛巾，说："柔柔，可能过两天你就再也见不到姥姥了，你以后会想姥姥吧？你不要哭。"程小柔记得当时她都没有听懂妈妈的话，只看见妈妈拿起手巾捂着脸大哭起来，她就也开始张嘴大哭，并不是理解了"再也见不到"的意思，而是被妈妈吓哭了。她真正明白"再也见不到"是什么意思的时候，是姥姥离开一年之后。

所以，她特别害怕来医院，特别是一个人来。好在这个时候陆获给她回了电话，说在二楼急诊手术室。

程小柔见到陆获的时候，她一个人坐在手术室外的等候厅里。旁边还有几堆人，一看就知道是几台手术同时进行着，外面坐了几家的家属。只有陆获，身边没有任何人，就她自己。程小柔跑过去拍了拍她，陆获刚哭完的眼睛肿肿的，轻轻地说："我爸刚被推进去手术了，抢救成功。"程小柔赶紧抱着她，持续地拍着她的肩膀、抚着她的后背，说："没事儿，肯定没事儿。"陆获起初是不停在发抖的，等了好一阵子才平缓。她给程小柔说，她爸是睡着觉大喊了好几声，她跑过去看他，就见老爸眉头紧皱很痛苦，喊也喊不醒，这才赶紧打了120。送到医院的时候，医生说大面积心梗，再晚一会儿就救不回来了。

陆获的妈妈很多年前就中风瘫痪，一直是爸爸在照顾她，医护人员把爸爸抬出门的时候，急得妈妈从床上翻到了地上，要不是对门邻居主动留在他们家照看妈妈，陆荻都不知道该怎么办了。

那天夜里，程小柔一直陪着陆荻，一会儿出来一个护士要陆荻签个字，前前后后出来了三个，每一个要签字的告知书里都写得十分吓人，好像笔落下就再也没有爸爸了一样。好在所有的护士带出来的消息都是好消息，签字是由于使用某些特殊药物和输血须征得家属同意，而注意事项总会把可能出现的最差结果先告知你。陆荻确认了老爸还在，而且状况还不错之后，明显放松了很多。程小柔就陪着她聊天，这才知道，原来传说中的陆荻爸爸根本不是她想象中的那样，既不是像张艺谋那样的名人，也没有什么高官厚禄，早早地就下岗在家照顾陆荻的妈妈，这种情况已经维持十多年了。

程小柔有点儿奇怪怎么陆荻没有叫亲戚朋友来，按理说他们这个年纪的孩子会有很多叔叔、舅舅、姑姑、姨妈之类。陆荻说，他们家因为要分老人留下来的房子，所以爸妈的兄弟姐妹都变成了仇人，断了来往。陆荻还开玩笑，说以后咱们可别要那么多孩子，否则家里就算有张纸都得抢，哪个孩子都觉得自己是最该被照顾的那个。

所有的这些聊天，都是程小柔第一次听陆荻讲起的故事。其间，程小柔会偶尔感叹一声说从来没听你讲过呢，陆荻就微微一笑说，这些家里的破破烂烂，有什么值得说的。

陆荻爸爸的手术很顺利，心脏里放了支架，很快度过了危险期。住院之后的花销很大，医保抵掉了一部分，剩下的多亏了陆荻在工地上运的那半年渣土。程小柔陪着陆荻接她爸爸出院回家时，陆荻爸爸絮絮叨叨了一路，说要不是有个闺女，这回肯定把命交待了，陆荻不爱听他说这些，一边开着车一边喊他聊点儿别的。

程小柔前前后后陪了陆荻小半个月，经历了这一次，她跟陆荻的关系不但更加亲近，连陆荻的父母都很喜欢程小柔。陆荻妈妈虽然要坐在轮椅上，但每次程小柔去，她都会很热心地张罗包饺子，会让陆荻爸爸下楼去买最新鲜的水果。趁着陆荻不在眼前的空当，陆荻妈妈会向程小柔打听关于陆荻的一切，比如到底有没有男朋友，在哪里上班，挣多少钱，平时不回家的时候住在哪里……程小柔不知道该怎么回答，有些她知道，有些她也不知道，关键是这一切她都不确定陆荻是否想让她妈妈知道。程小柔支支吾吾着，陆荻妈妈见她不怎么说，就自己叹气，说家里这个样子，也不是一年半年了，陆荻是个要面子、要强的孩子，家里给她帮不上忙，我俩还总是给她添负担，所以总担心她找不到好的对象，是因为我们拖了她的后腿。程小柔听着一阵心酸，使劲儿握一握陆荻妈妈的手，说阿姨你别想这么多，大家家庭都差不多的，再说现在都是追求真正爱情的年代了，怎么还会因为家庭怎么样而影响谈恋爱呢。

　　陆荻后来请程小柔吃了一顿大餐，表示最诚挚的感谢，虽然程小柔自己说也没帮上什么大忙，可是陆荻告诉她，心慌意乱的时候，有个人在旁边陪着就比一个人等要好多了。程小柔跟陆荻讲了她妈妈问的那些问题，陆荻点了支烟笑笑说，她就爱瞎打听，好像告诉她了就能解决一样，妈都爱瞎操心，咱们黎女士是不是也这样？……

　　程小柔根本没有领会到陆荻要转移话题的要领，自己还在苦口婆心地劝她多和爹妈聊天，多陪陪他们，甚至还傻呵呵地讲自己平日跟黎女士和老程同志的趣事。陆荻就静静地抽着那支烟，烟雾在她俩中间徘徊着，浅浅成了一道屏障，程小柔边吃边说，手舞足蹈地越聊越起劲儿，完全没有在意冷眼旁观的陆荻。

　　"我的事，无论告不告诉他们，都只是我的事。他们这辈子就是这样了，我不会因为他们怎样而变得更好，唯一可能就是我好了，他们也许会好。"陆荻将手里的烟头在铺着咖啡渣的烟灰缸里碾了又碾，她并没有看程小柔，她根本不想知道程小柔此刻是不是能听懂她的话或者怀有什么疑问。"你真的觉得爹妈拖你后腿了吗？"程小柔忍不住问了陆荻妈妈忧虑担心的问题。"不存在拖不拖后腿，我只是尽力再变优秀一点儿，让自己之后所有的事情都跟他们无关，比如谈恋爱时对方可以不用再关心我的家庭，比如谈工作的时候，对方不用因为我优秀而怀疑我是不是有个爹在背后撑腰。无论我好也好，不好也罢，都不想和他们有任何关系……你是不是觉得我不孝顺？"陆荻慵懒地笑着问程小柔。这并不是个疑问句，搞得程小柔不知道是不是要回答她。

关于是不是孝顺这个问题，程小柔还没有思考过。她印象中，会讨论这个的人群应该是父母那一辈。在她生活里，与父母的关系还停留在是不是听话这个层面。如果说听话就是孝顺，那么陆荻肯定是不孝顺的；可是她把自己挣的所有的钱都给爸爸治病了，应该算是很孝顺了。程小柔倒是很听话的，可是那时候她根本也没有什么自己的钱，她的工资卡都是放在黎女士那里的，据说每个月挣的不如花的多，那么这样的话她应该算不孝顺的。

在二十几岁的年纪上，与父母的关系应该是什么样的才算正常，程小柔完全混乱了。不过这一番经历，倒是彻底让她清醒地意识到，不要把自己的弱点都轻易地甩锅给老爸和基因，陆荻跟陆荻爸爸的区别提醒了程小柔，她给自己留了太大的上升空间。

所有关系的急转直下，都是从亲密无间开始的。

程小柔是陆荻上高中之后带回家的唯一的朋友，她终于变成了陆荻式长桌宴里最特别的那一个。可是她们的友谊却没有因此变得更加牢固。

那次聊天之后，陆荻很快得到了去北京工作的机会，她再次转行，从运渣土变成做设备销售。零工作经验直接成功应聘到五百强，程小柔听她讲的时候，觉得自己正在听一个传奇。陆荻没有表现出特别的激动，好像这一切都在她的计划之中。程小柔问她后面的打算，她说没有特别打算，就是死也不会再回来。

平日里，总说老家什么都不好的是程小柔，一直都没有离开过，连大学都是在老家读的陆荻，表现出来的都是十分喜欢这个温暾的小城市，程小柔搞不清楚让陆荻深恶痛绝的到底是什么。

不知道是因为两人不在同一个城市了，还是因为程小柔对于陆荻的家庭多说了那些话，总之，她们如同很多好朋友一样，说不出来为什么不再要好，就是走着走着，走散了。

她们之间没发生过矛盾，也没有误会。陆荻去北京的时候，程小柔去车站送她，还哭得跟失恋了一样。然后，陆荻就以饱满的热情投入了新工作，随即便忙得不可开交，开始还会隔两天打个电话，聊些鸡毛蒜皮的小事，后来因为加班、出差、陪客户等工作安排，就变成发两条短信相互问候，渐渐地连短信也少了。关键是，对于两人来说，淡出彼此的生活并没有给她们带来任何的异样和不适。她们迅速地开始了没有对方消遣闲散时光的新生活。

两人再见面时，陆荻的话题已经是每月赚多少钱，又下了多少订单，搞定了哪位经销商，飞去哪里出差，怎么样在酒桌上过五关斩六将，怎么样被色狼甲方盯上又金蝉脱壳……程小柔听得目瞪口呆的，偶尔想发表点儿看法，但是陆荻说的这些她都不懂，多问两句，陆荻就说她"太天真"。

大概就是在那个时候，程小柔觉得陆荻已经离她很远很远了。她们甚至没有办法再像之前那样合拍地选择吃什么、玩儿什么。以前两人会很默契地你请吃饭、我请玩儿，花差不多的钱。陆荻忽然变得有钱之后，不仅吃饭的档次已经让程小柔无法企及，而且她也直截了当地告诉程小柔："你那点儿小钱就留着自己花吧。"

程小柔很羡慕陆荻短时间内实现了财务自由，甚至还挺嫉妒，但又觉得并不关自己什么事，羡慕也好，嫉妒也罢，她其实也没有想过上陆荻那样的生活。

有人开玩笑说，两个闺蜜在一起会有很多很多聊不完的话题，比如什么什么牌子的包包好看，这个牌子怎么怎么牛掰之类，她俩可以聊很多年也不厌其烦，直到她们中的一个率先拥有了这个包。程小柔一度认为，是陆荻背回来的那只香奈儿，扯开了她们之间友谊的纽带。

03

你醮蒜泥儿我醮水

很多事情和很多人，来了走了，都是静悄悄的，待你觉察的时候，怎么也想不起这一切的由头。

如果说陆荻不来参加婚礼，程小柔是有心理准备的，那么大盛也说不来，程小柔是真的生气了。

大盛不来，说得十分笨拙。她编辑了一条废话很多的信息，大致意思是说，本来大家认识这么多年一起单身、咒骂男人和生活，结果你结婚了，我就觉得很不舒服，毕竟我还没有嫁出去，而且连男朋友都没有，我又不能嫉妒你，现在的思绪很复杂，我很害怕在婚礼上有什么过分的举动。

程小柔一个电话打过去，劈头盖脸问道："来来来，说说你都有什么过分的举动，看能不能把我吓死。"大盛很认真地回答说："喝醉了耍酒疯毕竟没有什么技术含量啊！"程小柔就隔着电话骂她："爱来不来。"

程小柔有数，大盛绝不会不来。

婚礼全程都是老程同志在张罗，程小柔和方先生恰巧赶上工作忙到不行，两人安排回程的时候，距离婚礼还有三天。大盛比小柔靠谱多了，她不但来了，而且还提前请了一周的假，早早回到济南，帮着黎女士和老程同志看婚礼场地、跟婚庆公司核对细节，体贴入微到黎女士直接认她做了干闺女。

　　大盛包了一个特厚的红包。厚到程小柔犯了愁，她说通货膨胀原本就很吓人，你再笨一点儿，好几年找不到男人，等你结婚的时候，我是不是得直接给你送辆车了。大盛说那我多拖几年，争取让你直接送我套房。

　　那天黎女士穿了一套枣红色的连衣裙，早上五点起床做头发、化妆，虽然是胖了，但依然有副好底子，粉底遮了皱纹，烟熏粉的腮红亮了肤色，程小柔的男闺蜜化妆师又给她挑了一个车厘子色的唇膏，化妆完毕的时候，老程同志都掩饰不住惊讶，羞涩涩地连说了好几遍"卿卿，你可真好看"。大盛很羡慕，说干妈你的名字真好，干爹随便叫你一声，感觉都像是在说情话。随即满屋子的人都在瞎起哄，黎女士和老程同志都不好意思了。程小柔被化了一半儿的脸，笑嘻嘻地说，到底今儿谁结婚，怎么搞得你俩像初恋一样的呢！老老少少开始添油加醋，虽然才刚刚天亮，但程小柔的家里已经是欢声笑语，是大喜的日子该有的模样。

　　世上的事，真是无巧不成书，失联三十年的胡金凤，忽然出现在了程小柔的婚礼上。

　　举行婚礼的达舜山庄里有一个网球馆，胡金凤下岗之后，在这个网球馆里做保洁员。程小柔结婚的时候，还流行在酒店进门的地方扎一个充气的拱门，上面贴着新人的名字。胡金凤那天早上骑着电动车上班，一眼就看见了"新娘——程小柔"，她心下盘算不会是卿卿家的闺女吧？因为小柔出生那年她在医院里看了春晚，又因此认识了于大夫，所以她记忆深刻，正好三十年。胡金凤又想，也许不是的，三十岁结婚有点儿太晚了，大概是重名重姓的。

济南的规矩是上午接媳妇儿，十一点多点儿车队会到酒店，然后就是震耳欲聋的鞭炮。胡金凤换了工作服正在场地里收拾草坪，看见一辆辆婚车从她身边经过。在这儿工作的五六年里，几乎每周都会有婚礼举办，这种情形对她来说早就习惯了，可她今天就是觉得莫名地被吸引、想关注。胡金凤找了个借口给值班经理打了招呼，连衣服也没换就往隔壁酒店大堂去。刚进去就看到了易拉宝上的结婚照，大凤脑海里的程小柔还是小婴儿时的样子，忽然间美人儿一样地在照片上，她不敢认，只是觉得一双眼睛似曾相识。大凤不死心，又顺着指引牌走到了婚礼现场。

程小柔和方先生正站在门口迎宾，来宾除了亲戚，差不多都是老程同志和黎女士的朋友，程小柔有很多都不太认识，方先生更不用说了，只是热情地跟着老婆与人家打招呼。大凤远远地走过来，一直盯着程小柔看，程小柔就笑着迎了上去，边握手边问阿姨好，大凤很欣喜赶紧说恭喜恭喜。程小柔就问她："阿姨您看到楼下的指示牌了吗？您在哪一桌啊？"大凤犹豫了，支支吾吾地想走，但手又被程小柔热情地攥住了。程小柔看她说不上来，就又问道："阿姨您是我妈妈的朋友、同事、同学，还是我爸爸的？"大凤不好意思地问了一句："你妈妈是黎卿卿吗？爸爸是程建设？"程小柔点点头说："对啊！"

胡金凤虽然还没见到黎卿卿，但已经高兴到不行。她摸索着身上的几个口袋，发现什么都没带。急急忙忙地转身就走，程小柔在背后喊她，她也顾不上回头。方先生就问程小柔认不认识这个阿姨，看着好奇怪，哪有穿着工作服来参加婚礼的，程小柔也一头雾水。没一会儿工夫，伴郎、伴娘就过来叫他们准备开始婚礼仪式了。

婚礼如常，煽情、搞笑、仪式感，各种流程来了一遍。程小柔踩着高跟鞋和方先生一起楼上楼下挨桌敬酒，敬完最后一桌的时候，客人们吃得差不多已经陆续离席，他俩又赶紧站去门口开始送客。众人热热闹闹地一顿吃喝，愉快散去，新人两家像承办了一场大秀似的，累到没劲儿说话。

留下来的都是一些至亲好友，大家帮忙收拾东西，黎女士好不容易得空坐下，大喊腰疼。程小柔扔了高跟鞋，往脚上贴着创可贴，感慨这不是婚礼，这是上刑。大盛迎合着说对的，结婚就是进了监狱。程小柔撇撇嘴嘲笑她，说就跟你蹲过监狱似的。

这时，黎卿卿忽然间发现了一直站在大厅门口往里面看的胡金凤。她有点儿不敢相信自己的眼睛，杵了杵程小柔，说："门口是不是站着一个女的，老往这边看？"程小柔顺着她指的方向辨认了一下，就是刚才那个穿着工作服的阿姨，不过她已经换好了衣服。

"对。我忘了跟你说了，刚才这个阿姨来过，还问我妈是不是叫黎卿卿，爸爸是不是程建设呢。是你朋友吗？"

黎女士顾不上腰疼，一个箭步跑了过去。三十年没见的好闺蜜，终于在孩子的婚礼上久别重逢了。自然有好多话要说，胡金凤拣着最重要的，先把礼金塞给黎卿卿，她临时找不到红包，在酒店买了一个粉红色的餐巾包着，黎卿卿不要，两人撕扯了半天，最终还是大凤劲儿大，硬塞进了黎卿卿的手包里。黎卿卿埋怨她，既然都知道了，刚才为什么不进去吃饭，站门口等算怎么回事，弄得她心里怪不舒服。大凤解释说："回去请假、换衣服又找红包，耽误了工夫，再跑过来的时候正举行仪式呢，站外面也都看见了。俩孩子真懂事儿，亲家也好，你还是那么漂亮，小程没怎么变，就是头发少了。"黎卿卿笑得都要哭了，说："还没变呢，都过去三十年了。咱俩分开的时候，还没有小柔现在大呢。"

临走的时候，黎卿卿再三邀请胡金凤跟她回家坐坐，大凤说还得继续上晚班，不然就得扣钱了。两人互留了电话、家庭地址，再三确认，生怕又找不到一样。

婚礼一结束，程小柔和方先生就回到上海开工了。黎卿卿女士歇了两天，跟老程同志商量着要请胡金凤吃个饭，毕竟人家随了礼但没吃上酒席，虽然礼金不多，可心里还是过意不去的。老程同志笑说："你俩挺有意思的，一见面好得跟什么似的，那为啥还三十年不联系呢？又不是离得多远，都在一个城市，真要想找哪有找不到的。"黎卿卿懒得和他掰扯，甩一句"你懂个屁"，转脸自己打电话去了。

黎卿卿请胡金凤吃了一顿大餐，两人研究着点了从未吃过的牛排、比萨饼之类，还喝了红酒。她们笑着说接受不了这肉怎么切开还带着血呢，如同心底里也接受不了昔日的小伙伴儿已经满脸皱纹、白了头发。

互道家常后，黎卿卿才知道大凤老早就离了婚。于大夫为了离婚，净身出户，连儿子也没要。大凤说于小青当初和她结婚多半是为了要农转非的户口，虽然他嘴上不肯承认，但从心底里还是觉得娶了大凤是委屈的。从结婚开始，于小青就不是那么热情，孩子还不到三岁，两人就已经吵闹不断了。中间有几年消停了，因为于小青要入党想当官。后来他下去挂职，直接就着两地分居的由头非离不可了。大凤说她想不到于小青的心那么硬，怎么也焐不热似的，为着儿子又撑了一年，后来自己都觉得没意思了，就签了字。离婚之后，于小青一次性付清了孩子到十八岁的抚养费，再也没出现过。听说没过一年就跟某个领导的女儿再婚了。

黎卿卿正义凛然的气性一下被唤起了，恨不得立即拉着胡金凤去找于小青算账。大凤笑着劝她说算啦，最难的时候都过去了，儿子现在读研究生，已经能自己养活自己了，她虽然下岗买断了工龄，但是网球馆工作赚的钱够花，再熬两年就能领退休工资了，特别知足。

两人吃完饭后，说溜达溜达消化食儿，特别默契地就遛到了小时候住的地方。大杂院早就被拆没了影子，连周围的小街小巷也都变成了马路和大广场，能辨认出的参考物，只剩下以前家门口的那条护城河。黎卿卿挑了一个河边的座椅坐下，感慨真是岁月不饶人了，走这一会儿工夫就已经觉得膝盖疼，小时候这点儿路，不知道每天来回跑多少遍呢。大凤还像小时候那样，说着话走着路都喜欢挎着黎卿卿，动不动就笑。黎卿卿和她在一起好像也回到了从前，说话轻声细语的，不大像在家里做领导的样子。

她们聊了很多，比如除了于大夫之外的家事。已经离世的黎大娘和胡婶子，原来她们走在了同一年，胡婶子要比黎卿卿的妈妈小了十岁。说到这儿的时候，两人都有点儿心疼。黎卿卿又问了胡叔叔和大凤两个弟弟的情况。大凤说，她爸前两年也走了，在床上瘫了三年，去世之前都是跟着她的。两个弟弟出抚养费，都没空管。黎卿卿说，当初搬家的时候俩弟弟还是二十郎当岁的毛头小子呢，现在也五十多了吧。大凤说可不是嘛，大弟弟都已经当爷爷了，侄儿结婚早，也没读什么书，下岗之后在路边摆摊卖快餐，现在都开店了，干得挺好。不过也不怎么联系，平时都怪忙的。小弟和弟媳妇儿因为爹妈留下的房子，跟哥哥姐姐闹掰了，胡叔叔一死，就断了来往。

五月份，护城河水清澈了，映着垂杨柳和一些不知名的小野花，有电动的画舫游船驶过，载着一波又一波远道而来的游客，对着岸边指指画画。河面上留下一圈圈的涟漪温柔地拍向岸边，有三五个鱼竿上的浮漂随着水波晃来晃去。钓鱼的那几个大爷早就凑成了一堆在下着象棋，争得面红耳赤，像研究什么高精尖技术似的。河里的大鱼带着小鱼，悠然自得地在水草里逛来逛去，稍稍留意就能躲开一动不动的鱼钩。

大凤拉着黎卿卿的衣角，忽然像发现新大陆一样地问她："你说这个桥往西移了吗？"黎卿卿仔细地看了一会儿，很坚定地说："没有，咱院以前就冲着这个桥，就是咱坐的这里，没移。"大凤还在纠结，拿手比画着。黎卿卿发现她还是习惯性地藏着左手，大凤像是察觉了黎卿卿在看她，左手下意识地伸了一下。黎卿卿顺势就攥住了她，说道："你看，咱俩这手，都是干活的命，糙得抹多少手油都没用了。"大凤也攥着她，很认真地说："你的命可比我好多了！我真羡慕你。"

黎卿卿那天回家后，情绪一直不佳。程建设问她怎么了，她也说不上来，就觉得看见大凤这样子，挺伤感。三十年前大家都活得用心努力、轰轰烈烈的，都觉得明天会更好。现如今回头看看，好的时光好像已经过去了。

程建设装听不懂地说："别回忆过去，陷入回忆无法自拔就是衰老的表现。"

一听到"老"这个字眼儿，黎卿卿瞬间被吓醒了，使劲儿晃了晃脑袋，为了证明自己不老，撸起袖子下厨房去做饭了。

自打跟胡金凤又联系上，程小柔十次往家打电话，有九次是听老程同志说你妈跟大凤姨出去了。不是逛街买衣服，就是批发瓜果梨桃，偶尔还会参加什么老年大学组织的近郊采摘旅行。大凤还会时不常地跟着黎卿卿回家来，黎卿卿自从有了大凤陪她，什么都敢往家买，五十斤的面、一百斤的米、整箱的猪蹄膀以及早上五点去海鲜市场排来的一桶一桶的活虾……每次两人想尽各种办法搬运回来，再齐心协力抬上六楼，如同搞成了什么大工程一样，累得心满意足。

程小柔也会疑惑，到底是哪里来的一个阿姨，怎么就跟黎女士好成了这样。据老程同志描述，自从大凤出现，黎卿卿连更年期综合征都好多了，跟他发脾气的次数越来越少，有什么事情基本也不用再拽着他，他得到了极大的解放和自由。老程同志感慨，女人身边有个女人陪着，实在是太重要了，不论年轻的还是年纪大的，只要是她无聊的时候，都得有一个和她一样无聊的，跟她不离不弃。

在别的事上还好，看人这方面，老程同志尤其犀利。当初程小柔跟陆荻好得恨不得穿一条裤子，老程同志就说你俩早晚玩不到一块儿去，也就是你这几年傻不啦唧地闲着没事做，她愿意你跟在她屁股后面，等到你跑前面，也不用，等到你想和她并排走的时候，她就得不乐意。果不其然，程小柔还没咋地呢，找到了固定男友而已，老程同志的预言就变现了。老程还说黎卿卿跟大凤又玩儿到了一起，多半也是因为大凤过得没有黎卿卿想象中那么好，如果大凤没离婚，现在是卫生局局长的夫人，黎卿卿肯定躲得远远的。她小时候家境不好，父亲早逝，没有兄弟姐妹做伴，多少有些自卑的心理，这辈子只能藏着，改是改不掉了。

程小柔的朋友里，老程同志评价最高的，是大盛姑娘。

大盛姑娘有一个充满雄性荷尔蒙的名字，盛隆家。程小柔觉得这简直不像是人名，可大盛说这名字是老妈认认真真找算命先生给批了八字的，说保证今后富贵平安。纵然不是那么朗朗上口，但比起富贵平安的生活来说，一个名字上不上口有什么重要呢。

程小柔和大盛的相识很偶然，两人在某一个秋天的夜晚，恰巧都很无聊。于是分别前后脚地乘坐了同一线公交车，相差不到半小时，选了同一家不起眼的美甲店，又选了同一种从来没人涂的颜色，先是随便搭讪了两句，后来越聊越开心，就互留了电话，算是认识了。

大盛那时候还剪着短发，笑起来眼睛弯弯的，还会露出一颗小虎牙。长得不能算是很漂亮，但皮肤白皙、身材高挑，扔进人堆儿里也是容易被关注的。她是地道的东北姑娘，平常说话就像唱二人转一样，总能逗得程小柔前仰后合。

她那天穿了牛仔裤和白色卫衣，卫衣靠近屁股那块儿，她自己用丙烯颜料写了八个大字——"时间太少，男人太多"，很夺目。程小柔走在大盛后面，暗自给她伸了个大拇指，一度认为她是个汉子。

但事实完全相反。

彪悍的大盛聊起自己的前任时，柔情似水地说道："若换君子回头，宁折十年阳寿。"程小柔皱起了眉头，说："怎么听着像被人甩了呢？"大盛说："是啊，是人家提的分手。"程小柔心想，能把"被人甩了"说得这么有文化的人，还真是第一次见到。大盛姑娘有点儿意思。

那个时段里，大盛姑娘也正处在人生的低潮期。她跟程小柔抱怨，每天朝九晚五，在办公室里面对一串串毫无生机的数字，数额无论大小跟自己都没有多大关系，工资卡里的数字是每月不变的，大盛说这种生活要再过将近三十年，她时常因为想到这个而半夜惊醒。原本以为工作应该是忙碌到耗尽所有的精力，回到家瘫软在床上，泡个澡睡去的时候脑海里呈现的都是收获满满的今天和充满希望的明天。然而恐怖的是，每天在办公室里把她耗尽的不是工作，而是戏精同事，大家费尽心思地在表演工作努力，配合着领导的一举一动，还要分出心思察言观色。下班铃声打响的时候，每个人感叹的是"哎哟又过了一天"。这样的日子让大盛惶恐不安，她不知道自己的生命价值在哪里，好像一眼就望见了尽头。想想还要再找一个在另一栋大楼里表演认真工作的男人，再生一个在学校里表演认真学习的孩子，这期间还得把两家父母的钱都搜刮来，再背上高额的贷款，才能买一个房子，住在里面，装修成装修公司喜欢的样子，往下十年天天吸着匀速释放的甲醛而不自知……大盛说这种日子怎么过啊程小柔，你帮我捋一捋。

"你当初为什么要选择这里呢？毕竟又不是家乡，又不是大学所在的城市，又不是北上广。"程小柔的逻辑就是从根源发现问题的关键。

"因为男朋友的家在这里啊，连工作都是当时的准婆婆给安排的，我还感恩戴德了。"

"那男朋友呢？"

"男朋友考研成功去了北京，去了之后就跟我说往后的生活不会有交集的，所以大家都各自开始新生活吧。可是我已经在单位报到了啊，户口都迁过来了。"

"那就辞职吧。"

"可我还想着他能够回头是岸呢。"

"他有回头迹象吗？"

"据说已经找了新女友，是同学。"

"那你怎么办？还坚持？"

"我逢年过节去看望前婆婆。"

"大盛，我觉得你有点儿二！"

"二吗？难道不是很懂事？"

大盛从没有过要刻意搞笑，但是这种聊天让程小柔十分着迷，完全没有拐弯抹角，大盛畅所欲言地把自己二的个性彰显得淋漓尽致，十分率真。

与陆荻渐行渐远的空当里，大盛是个很好的补位，程小柔非常自然地与这个比自己大半岁的东北姑娘成为新的好闺蜜。

大盛在一家保险公司上班，每天朝九晚五，作息规律。程小柔经常在下了课之后约她见面。见面后大盛做的第一件事，就是从包里拿出平底鞋，让程小柔扶着她先把高跟鞋换了，不管周围有没有人看着。脱下高跟鞋就是脱胎换骨，换上平底鞋的一瞬间会感觉人生自此一片坦途。从来没有坐过办公室的程小柔完全理解不了这种感受。

大盛家不在当地，工作上有些困难或者苦恼，她就拉着程小柔聊一聊。程小柔在大学里，上完课就走，没有什么评职称、要资源的心，传说中职场上的尔虞我诈她一直没有遇见，或者她已经深陷其中了，也并不自知。大盛在国企，遇到的事情就比程小柔新奇多了。她偶尔会很认真地跟程小柔讨论职场新人的生存法则。

"小柔，你帮我想想，如果一个男人总是对你的工作指指点点，他的真实目的是什么？"

"能是什么？喜欢你，或者就是不满意。"

"不不，你这样分析省略的步骤太多了，明显就是敷衍我。"

大盛批评她的时候也是这样毫不委婉，程小柔立即反思，大盛说得对，对待好朋友不能如此敷衍。

"那这个人是你的上司吗？"

"不是。同级别的。"

"你俩的工作有交集或者有前后顺序吗？比如他要承接着你的往下做。"

"没有，各自一摊事，都挺忙的。"

"那只能是喜欢你了。"

"他还有两年退休。"

"……"

说这话的时候，大盛一脸严肃，她认真地听着程小柔的每一个问题，然后根据问题回忆着各种场景，一五一十地回答，以至于程小柔根本没有办法判断大盛是不是在故意开玩笑打趣她。

大盛的眼睛笑起来和不笑有很大差别，笑起来弯弯的，作为笑容的一个最重要的标准，眼睛弯得十分尽力，于是就会显得憨厚，跟她时刻要求臭美的本质特别不符。还有牙齿，大盛的牙齿有些不整齐，小虎牙在她一脸严肃的时候还能藏住，稍有些表情就跃跃欲试要蹦跳出来，此刻，它们特别安静。

程小柔深吸了一口气，调整自己的情绪。

"那这有啥好聊的？"

"有啊！你得帮我想想他的真实目的。他，每天，走过路过时都要看看我的电脑，然后停下来说那么几句。"

"你和他熟吗？"

"不熟，我从来都不跟他说话。"

"不说话也不大好吧，他是不是就想提醒你要多跟前辈交流、请教啊？"

"可是我确实没有什么好跟他说的，大那么多，代沟深不见底，怎么聊？"

"不用聊，就是有礼貌地打招呼。不然人家会觉得你不懂事儿，山东这个地方规矩老多了。"

"对对对，他有一次就跟领导说我情商不高，被我听见了。"

"然后呢？"

"然后我就去跟他理论，我说我都没跟你说过话，你怎么知道我情商不高！"

大盛描述完，等着程小柔继续发表意见，可是这种对话明显超出了程小柔的能力范围，她不知道该给大盛再出什么主意，无论从尊老爱幼的角度，还是维护正常同事关系的角度，她都不知道大盛是怎么说出那些话的。程小柔哑口无言，直咂巴嘴。

大盛是个在完成某项任务时，精力集中到可以忽略任何细节的人。她完全看不出来程小柔反应的异常，眼睛紧紧盯着程小柔，她要进一步确认，是不是每天见到大叔问声好，他就不会盯着自己了，程小柔只能说："就这样吧，好歹大叔还有两年就退休了。"

大盛如恍然大悟一般，还有些欣喜，说："压在心头这么多天的问题，让你这句话一下子就给我吹得云开雾散了，真是万事换换角度都能有崭新的未来啊！我要请你吃顿好的，你就是我的人生导师！"

大盛的节奏转换得太快，程小柔有点儿跟不上她的喜怒哀乐，那句随口说说的话怎么就成了击碎胸口大石头的铁锤子，她丈二和尚摸不着头脑。人生导师这种人设，程小柔觉得，如果不是大盛故意侮辱她，那就是大盛眼瞎了。

原本还拎着高跟鞋轧马路、愁眉不展地讨论人生的大盛，瞬间就变得眉飞色舞，叫嚣着："我现在搞明白了办公室大叔的用意，亟须热烈地宣泄一下，此刻必须来顿重庆火锅让血脉偾张，提前给终归要退休的大叔送行！"

程小柔一个叫嚣着减肥的人，就这样被大盛拉去了火锅店。其实大盛胃不太好，原本不怎么敢吃辣，但她发现程小柔爱吃，动不动就投其所好一起吃火锅。每次程小柔担心她的胃时，大盛必发表宣言：我的人生信条是，好朋友想咋地就必须咋地！我要碗凉白开，你蘸蒜泥儿我蘸水。

那天她俩去的是一家新开张的店。两人进门的时候遇到了一个很有意思的服务员，小伙子应该就是跟着老板过来的四川人，年纪很轻，大概只有二十岁，看上去纯朴勤快，跟程小柔和大盛打招呼的时候先是称呼"两位小姐"，自己说完又觉得似乎不太好，遂改口叫"两位大姐"，程小柔听着奇怪，稍微皱了一下眉头，敏感的小伙儿赶紧又要换称呼，他应该是紧张了，想选用一个比较保守一点的，于是高喊"两位女同志里面请"。大盛也是调皮，站定了很认真地跟小伙儿纠正说："我俩可不是女同志，你别乱说。"这下真的逼急了这名服务员，他大概根本没有明白"女同志"到底有什么不妥，误以为大盛嘲笑他土气，一下子就红了脸，憋了半天说"两位妇女里面请"，然后头也不回地自顾自往前走开了。旁边一桌的男客人听见了，举着筷子侧目，一个个辣得嘴唇都肿了，还泛着油光，还有人趁机利用舌头和牙之间的空隙，瞬间吸气提高压力发出吱吱的声音以起到剔牙的效果，戴着眼镜的推起眼镜抹了一把脸上辣出来的汗，十分猥琐的那位还顺道上上下下打量了大盛和程小柔，并露出油腻的微笑。大盛和程小柔很默契地装作什么都没看见，径直跟服务员小伙子往里面去了。

落座之后，刚才路过的那桌男人还时不时地往她们这边看。程小柔忍不住吐槽："这些男人喝了点酒之后就觉得自己法力无边、魅力四射了吗？为什么这么猖狂？"

大盛回头看了看，劝程小柔说："你就当是咱俩长得漂亮吸引人吧，反正他们也没怎么样，又不是在家里，还能管得着不让人家看吗？"

道理是对的，但程小柔还是有种被亵渎了的感觉。

程小柔心想，如果是和男朋友来吃饭，肯定不会有这种局面。该谈恋爱的时候却和闺蜜耗在一起，那么就只能吸引一群也没有恋爱可谈、跟兄弟耗在一起的男人，这么一想，简直就是"过时货"遇见了"打折季"。于是，她把气撒在大盛身上，叫嚣着问她："从我第一天认识你，你就说男人太多，到现在我一个也没看见。仨月了，回回都是咱俩吃饭。男人呢？"

大盛很不以为然，一边用餐巾纸擦着口红一边回答："实话告诉你吧，我当时手一抖写反了，我本来是想说时间太多，男人太少。"

"靠！原本个人推销的广告，结果变成了挂起免战牌。是这个意思吗？"

大盛慢慢悠悠地给自己倒了碗白水，满不在乎地说："所以，只能假装高冷了，其实心里很苦。多点儿吃的，抚慰一下。"顺手就把菜单递给了程小柔，又朝服务台打了个响指示意点菜，动作很帅，讨厌的是隔壁桌的男人们又看了过来。程小柔趁机狠狠地白了他们一眼。

走过来点餐的，还是那个管她们叫妇女的小伙子。可能人家也不想再过来服务，但无奈工作就是这样。他递了一支铅笔，没有称呼地说两位看看要点什么。程小柔算是爱吃的，大盛每次都很放心地让她点单。她阅读着菜单，拿铅笔画着对号，小伙子站在她身边看着，说重庆火锅不吃羊肉。

"那吃什么？"程小柔随口问，头也没抬。

"麻辣牛肉。"程小柔点了下头，随手划掉羊肉卷，点了麻辣牛肉，然后找了找，又说："点个虾滑吧。"

"那个不好吃嘞，得点鸭肠和黄鳝。"小伙子在一边又说。

"哦，好。"程小柔抬头看了看小伙子，人家很自然。于是，她居然听话地又点了鸭肠和黄鳝。大盛也凑了过来，她可能觉得程小柔这种没见过世面的样子有些丢人。

"这个生菜你还点吗？我反正不喜欢。"小伙子在一旁继续指点。

"那你喜欢什么？"程小柔反问。

"血旺敢吃吗？鲜毛肚也得吃，还有猪脑花我最喜欢……"小伙子进入了状态，直接把笔从程小柔的手里拿了过来，自己在菜单上画了起来。

"等等，这个……我属猪的，脑花不点了吧。"程小柔一激动，上手扯住了小伙子的胳膊。

"怕啥子哟，你属猪又不是猪，吃哪儿补哪儿，味道又好得很。"

程小柔被说得接不上话，半张着嘴，哭笑不得。小伙很潇洒，一看程小柔犹豫，立即话锋一转："不吃就算了，没有口福喽！就这样嗲，再点个宽粉就差不多了，生菜也给你们留着吧，还要护肤是不是？鸳鸯锅，放不辣的那边涮。你们喝啥子呦？酸梅汤吧，解辣还不胖人。好，下单。"小伙子认真负责地盯着菜单又检查了一遍，对自己点的菜非常满意，忽然发现大盛和程小柔都在盯着他，他很自然地回看了她们，三人一度陷入停顿中。

"要不要坐下来一起吃点儿？反正都是你爱吃的。"程小柔想挖苦他一下，毕竟刚才有个"你又不是猪"的仇还没来得及报。

"不要，我天天吃，烦死了。"小伙子说完，扬长而去。

大盛和程小柔面面相觑。程小柔慢慢伸出舌头舔了舔上嘴唇，表情很怪异。大盛实在绷不住开始大笑，前仰后合。

"盛隆家，你说，到底谁该吃猪脑花补补？是他还是我？"程小柔简直想过去跟小伙子重新再吵一遍，她很不满意自己刚才一系列的表现，感觉有好几处都没有发挥好才导致了最终的失败。

"你没听人家说，他天天吃！"

"天天吃是不是会被传染傻呀！我要疯了，我们为什么点了一桌子服务员爱吃的菜？"程小柔的终极疑问，让大盛也摊开了双手，一副"你问我啊？"的表情。

好在，服务员爱吃的这些，确实都很好吃，大盛要不是害怕程小柔小心眼儿，都要忍不住当面表扬那个小伙子了。

两人有一句没一句地边吃边聊着，忽然小伙子就又开始上菜了，什么冰粉儿、玉米、椰汁，乱七八糟的好几样。程小柔喊住小伙子说："下错单了，我们点了什么你还不知道吗，哪有这些？"小伙子说："不知道啊，反正刚才又有人下单了，就是你们这桌子，我还想呢，这么不听话，都告诉你们这些不好吃了噻！"

大盛和程小柔正研究着这几样莫名其妙的东西，就感觉桌子旁边站了人。抬头一看，就是一直朝她们这儿看的那桌男人中最油腻的两个。两人端着酒杯，喝得油光满面，也不知道是紧张还是辣的，其中一个不停地擦汗，也不管程小柔和大盛什么表情。擦汗的那个，刚站定就开始演讲，大概来自某县级市，反正不是本地人，一口泛着土坷垃味儿的普通话，不停地重复"就是说"仨字儿，扯东扯西，什么送的菜好不好吃，也不知道你们喜欢什么，要是能喝酒就不要椰汁……中心思想就是搭讪两个姑娘并留下电话。程小柔起先还敷衍一下，客气地表明请不要打扰，无奈两人都已经喝多了，根本听不懂人话，好说歹说都还在桌子边腻歪，不大说话的那个甚至还想拉着凳子坐下。情急之下，大盛抄起包来就想走，可程小柔看着还剩了一大半没吃完的菜，心想凭什么你喝醉了让我吃不成饭，又把大盛给摁住了，拿出电话来想打给老程或者打110。对方那个男的大概看出了端倪，上手要挡着程小柔不让她拨号。这一来一回的，眼瞅着大盛就要发火，程小柔忽然看见了那个男人无名指上的婚戒。她说来就来的暴脾气噌地就冒起来了。她冲大盛摆了摆手，让她好好坐下。两个男人看她俩忽然不走也不说话了，还以为峰回路转，趁机也坐了下来。刚想开口，就让程小柔给堵住了。

"你别说话，听我说！"

这是程小柔的开场白，之后得有那么十几分钟，一直都是她在说，老师上身了一样，气场之强大、逻辑之清晰，连大盛在内，三个人都无法抗拒，逐渐进入了认真听讲的状态。

这节课是因为那枚结婚戒指引发的。程小柔一想到这么个男人，把老婆扔家里，打着加班的旗号，在外面喝了几壶"马尿"就开始四处勾搭小姑娘，气就不打一处来。况且，长得好也就算了，肚子大得衬衫都兜不住了，感觉呼之欲出的并不是肉，而是一层一层的肥油，模样就不要提了，稍微注意点儿形象的也不能紧着用衬衫的袖子擦额头的汗。程小柔一再强调："我就是封建糟粕，我就是赤裸裸地歧视，我就瞧不起要啥没啥的男人还想出轨找女人。"

那两个男人看上去得比程小柔大七八岁，也许实际年龄还小一点，但是穿戴特别显老。被程小柔数落到低着头，也不吱声，中途想走，被程小柔喝住了。大盛倒是听得入了神，还提问题跟程小柔互动："那你的意思就是，要啥有啥的男人可以出轨呗？"

"有能力、有家底、有财有貌、有担当的，就会吸引更多的女人。古时候，皇上为什么三宫六院七十二妃？因为人家养得起！你都穷成叫花子了，也想着招蜂引蝶的，要不要脸？"程小柔的这种思想，也不知道受谁影响，反正黎女士和老程同志的婚姻，从未遇到过挑战。

"我们是公务员，他是我们处最年轻的正科级，不是叫花子。"擦汗的那个大哥还要狡辩。

"那更可恨了。刚有点儿本事，先嫌弃老婆，有俩钱烧得五脊六兽了吧？好意思啊，送俩玉米棒子、两罐子椰汁就想泡姑娘，你以为全天底下的女人都像你老婆那么善良？傻瓜！"

程小柔说急眼了，后来回忆起来这一段情节的时候，她反思是因为很久没有上台演戏，憋得无处发泄，用错了地方。好在那俩男人觉得理亏也并不清醒，程小柔骂完了之后，人家就低声下气地走了。

只有大盛，还没完没了地要跟她讨论，是不是所有的男人都觉得自己应该是皇上，跟有没有钱和能力无关。

程小柔只顾大口吃着麻辣牛肉也不搭话，大盛就感慨道："我忽然觉得，时间多点儿就多点儿吧，总比男人多要好。要是我以后嫁个刚才那样的，我还不如这样天天和你玩儿呢。"

程小柔使劲儿地点点头。刚讲完一节课，程小柔感觉累得不行，关键最恼人的是，到底为什么要讲这么多？莫名其妙地跟两个不认识的醉汉絮叨了这么久，简直无趣至极。越想越生气，她吃着吃着对大盛怒吼："都怨你！"正涮着鸭肠的大盛，被吓得像吃面条一样咽了一根还挺长的鸭肠，卡在嗓子眼里上不来下不去的样子，让程小柔十分愧疚。

一顿饭吃成这样，两人耗掉了所有的气力。用三罐椰奶才平复了那根鸭肠的大盛说："今天一定是出门没看皇历，我赶紧买单，咱们各回各家好好睡觉。"

来结账单的，还是那个小伙子，两人就怕他再说什么，所以紧闭着嘴刷卡付钱，一句话也没说。好不容易临走了，小伙子机械地播报服务用语："希望两位女朋友用餐愉快，欢迎下次再来。"

显然，小伙子是那种在哪里摔倒，一定要在哪里爬起来的人。"两位女朋友"，这种称呼可以说是语惊四座了。

程小柔原本都已经走出去了，大概还是那个猪脑花的仇闹的，她又折回来，冲着小伙子喊："还俩！你赚多少钱能让你养两个女朋友？"

在人家反应过来之前，大盛慌忙扯走了气急败坏的程小柔。

在找不到好男人这件事情上，两人时常会凑在一起总结失败的原因。程小柔自从大学恋情结束之后，几乎没有再正式投入过任何一段感情，有些七七八八的小过往，大多不值一提。程小柔觉得，自己谈不好恋爱，主要是因为在稳定的爱情关系里太过自我，没有对男人作来作去，不够让男人有被需要的感觉；大盛谈不好恋爱则是因为生活没有分寸感，时常在没有搞清楚对方到底喜欢你还是想麻烦你的时候，就扑上去或者跳开了，直接导致出现的人都不对，喜欢的人都没来。而在大盛看来，她们俩的问题就简单多了，程小柔是因为长得太好，别人不敢追，自己是因为能力太强让男人望而却步，归根到底还是男人们不好。

04

前男友的妈

程小柔经常性地气急败坏，多半跟工作不如意，生活在别处有关。有时候老天爷像是故意给你出难题，越是寒冷越是找不到温暖。冬天，肆无忌惮地飞奔而来。

2008年奥运会之后，很多城市都在大兴土木，再加上秋末初冬干燥的风，尘土飞扬是某一个阶段长期停留在程小柔记忆里的景象。萧瑟、冷清、无序，那时候大家还不知道有个词叫"雾霾"，只是觉得为什么这些个要入冬的日子如此压抑，见不到太阳，即便有些阳光，似乎也就挣扎着透出了一点点，又没有雨水，也不下雪，路旁的行道树和矮矮的冬青草整日都是脏的，蒙着一层厚厚的灰。路人也是，被冬衣包裹着，没有脖子露在外面，大都戴着帽子，远远望去一排一排的大头娃娃，而且无论穿着什么颜色，在这样一片天空下都让人提不起精神，辨不出用心与否。

这是程小柔认识大盛之后的第二个冬天，她觉得日子相当难熬。

程小柔的单位在郊区，响应国家的号召，市区内的大学全都迁了新址。她是最寸的，报到第一天就是学校搬家。

她是跟着最后一趟车去的，前面已经大大小小发了几趟车，不收拾的时候没发现，这么大的一个学院搬出去的除了破烂就是废品，陈年失修的电视机、断了一根腿的桌子、一手拎着都会散架的四脚凳子，最值钱的是三台联想电脑。

后来跟大盛聊起来，程小柔后悔地说，还是太年轻，但凡有点儿社会经验，当即就应该下定决心直接辞职，贫穷成这样的龙王庙怎么可能厚待小虾米。

那天，她坐的是一辆破桑塔纳，一路颠簸地往西边走，原本城西就是最落后的一个区域，车子开出去半个小时已经能看见庄稼地了，但距离新校还有一大半儿。程小柔的心情就像窗外匆匆而过的风景一样，越来越糟糕。

她不是个留恋城市的人，但衰败和脏乱让她又开始习惯性地自我怀疑和否定。与她同去的除了司机还有三位老师，坐副驾上的是某专业的学科带头人，她两边的是早几年入职的年轻教师，座次彰显地位，程小柔被挤得一路直挺着身子，两只手不自觉地扶着前面座椅的后背。她跟车里的几位都不熟悉，一直目视前方。

不知道过了多久，反正马路两边连庄稼地都没有了，只剩下光秃秃的山。程小柔旁边的一个女老师忽然说："哎呀，小柔你刚从上海回来，没太见过这种自然风光吧，所以很新鲜是不是？我看你认认真真地看了一路了呀。"程小柔懒得回话，只是稍稍转头冲大姐微笑了一下。大姐穿了肉色的短丝袜，箍在她有点儿壮硕的脚踝上，矮跟系带的黑色皮凉鞋是露脚趾的那种，袜子刚好破了个洞，大脚趾露在了外面。女老师发现程小柔在看她，下意识地用手扯了自己的裙角，还顺势歪了一下屁股，裙角被拽出来一小节。程小柔想象到了这种乔其纱材质会怎样的因为真皮座椅不透气，借着汗渍黏在屁股上，又怎样被那女老师拖了出来。

后来程小柔跟大盛讲起这个场景的时候，用了"不寒而栗"这种形容词。她说当时很快地闪过一个念头：这大姐可能比我大六七岁，也就是说六七年之后我有可能变成这样！多瘆得慌。其实，大姐人很好，那天还特意提醒她不要再穿短裤，因为被领导看见了不好，为了拉近距离，还在程小柔的大腿上拍了两下。大姐的热心肠，越发让程小柔觉得这种生活透心凉。

也许就是从那天开始，程小柔对于出了家门往学校走的这段路再也没有了好印象。不管喜不喜欢，她已经在这个城郊的艺术院校里工作到第三年了，她依然没有办法像那位大姐一样，每日兴致勃勃地去上班。程小柔说，上班的心情，常常比上坟还糟糕。

在团体里，与众人交往过密或者过疏都会招人讨厌。然而对于涉世未深的小朋友们来说，特别容易陷入这两个极端。对工作极端满意，又有所期许，往往就会显得比较热情，如果正好有一个与之相反的家伙在他身边，那么两个极端即刻彰显，至于说最终哪个倒霉全看领导心情，换句话说，都是早晚的事。

程小柔就是那种认真上课、下课就走的老师，极度不热情。领导放任她两年之后，见毫无改观，就开始隔三岔五地找点儿什么借口提点她一下。

领导的意思，是暗示程小柔要多参与学校各项工作，表现得积极主动一些，有事没事儿的最好都在学校待着。程小柔怎么可能了解领导的这种想法呢，她就是明白了也要装没明白，每周去郊区三次几乎已经到了她的极限了，还要她天天去，那就是要命了。

但不买领导的账，是要付出代价的。比如，别人简简单单就能办到的事，无论你怎么按程序来，都办不好。程小柔要考教师资格证，报名表上要领导敲个章，她找了领导四趟也没有敲上。领导们都不喜欢这种上完了课还能顺便办个事儿的安排，盖章、审核这些事当然得是特意跑一趟才显得重视。偏巧程小柔也是个倔驴，心想我考资格证书还不是为了名正言顺地讲课，讲来讲去也都是为学校服务，又不是自己的事情，干吗这么故意折腾我？年轻气盛的程小柔干脆连课也不愿上了，去医院给门诊大夫一顿表演感冒失声，直接骗了一周的病假。学校课程都是一个萝卜一个坑，她一撂挑子，领导瞬间明白这是要扛上，然而一时之间也没想好再怎么折腾她。程小柔略略得到一点阶段性胜利的愉悦感。

请假的时日里，程小柔每天窝在家里看看书、上网逛逛淘宝，再就是等大盛下班，看电影或者吃饭。黎女士正在被更年期综合征折磨着，四处打听了很多偏方，每天不厌其烦地尝试着，什么经络操、拍打操、理疗仪……各种各样，每天早八点到晚六点，黎女士的行程十分满，根本顾不上心情低落的程小柔。

白天还好，晚上最烦，程小柔总是失眠。实在睡不着了，就索性坐起来看书、看剧本。有些书是有催眠效果的，比如任何一本考研资料。有些书会越看越绝望，比如《等待戈多》，程小柔说自己上学的时候根本读不懂这个剧本，没想到才毕业一年，再拿起来读的时候，感同身受到想要思考是否还要活着。还有一些书，会越看越精神，有天晚上，她就一口气读完了石康的《晃晃悠悠》，合上书的时候，坐在床上掩面而泣：周文在晃晃悠悠的青春里，不明不白地就跟阿莱走丢了；周文若不经历阿莱，可能永远都不知道什么是成熟的爱情。可程小柔觉得，周文此生最想好好爱的人恰恰只有阿莱。这多么刺痛人心，这多像她大学时的那段恋情。

一本书引发的回忆，让程小柔睁眼等到了黎明。天就要大亮的时候，她还毫无困意。黎女士在另外一个卧室，匀速打着鼾。程小柔到洗手间照了照镜子，眼睛肿得根本出不了门，她站在洗手台前，用冷毛巾敷着眼睛，窗外叽叽喳喳的鸟叫声十分清脆。楼下出租屋的门好像生锈了，一开一合的声响特别大，还有一两只流浪猫懒懒地叫了几声，然后就陷入了安静，但这种安静似乎就是为了被打破才存在的。程小柔无聊地在心里数起了数，大概十秒钟之后，安静被打破了，先是那扇生锈的门被咣的一声带上，伴着一个乡下女人的牢骚，多半是在骂她的丈夫，只不过语速太快，程小柔没有听明白；这样的大动静，惊醒了别家院子里的狗，发出一阵跳出梦魇似的狂吠；然后，原本就应该起床的鸡也没偷懒，开始嘹亮地打鸣了。程小柔眼睛上的冷毛巾都要被敷热了，她闭着眼睛转了转眼球，窗外洒扫垃圾的那个傻大姐也上班了，如往常一样，拼命地干活，拼命地骂所有丢垃圾的人。程小柔低下头，毛巾随即掉在她放在胸前的手中，她透过薄薄的窗帘看到对面的楼上，已经有好几家的灯都亮了。亮灯的房间是厨房，大概这几家都有上学读书的孩子，多半是高中生，这个点儿妈妈就得起来准备早餐了。家家户户各自忙碌，我们并不相识，都只叫那些做生活。

程小柔又想起等待父母是否同意她学艺术的那个早上，就像昨天一样，一转眼已是七八年前，她原本以为非常努力的日子，现在看来好像也是晃晃悠悠。

程小柔请了病假，病就自觉地来了。她莫名地心悸，之前从没有过这种情况，有时忽然一阵，感觉要窒息一样。她怕黎女士担心，自己先去医院做了检查，医生说看着也没什么大问题，有点儿轻微的供血不足，应该是累着了，休息就好。程小柔心想，我这一天天的就剩下休息了，还再怎么休息呢！

忽然不上班，程小柔也确实觉得无聊，看完医生正不知道要去哪里。医院里人特别多，闹哄哄的，她隐约听着背后有人叫她，四下看看又没有认识的，刚想继续走，肩膀就被重重地拍了一下，是大盛，嘴里嘟囔着"紧着叫你，你还跑"。程小柔挎着她开玩笑说，至于好成这样吗，我就一天没联系你，你怎么还跟我来医院了呢。

大盛很关心程小柔的身体，程小柔摆摆手说没大事儿，多半是闲的，就听大夫的继续休养吧。程小柔见大盛手里拎着水果篮，肯定是看病号了，就问她看谁。大盛支支吾吾半天，说是看前男友的妈。

程小柔觉得大盛是吃饱了撑的，这种关系就等于没关系，到底有什么值得看的。

大盛不这么认为，她说就算和她儿子分手了，也还得记得人家帮着找工作的好，再说了上大学的时候还去人家家里住过几天，阿姨还给炖了红烧肉呢。

程小柔说我在这儿等你，你去说两句客气一下就出来吧。大盛想了想说，要不然你陪我吧，我自己去也确实有点儿尴尬。程小柔嘴上答应了，但心里想我去岂不是更尴尬嘛！

高干病房的走廊十分安静，干干净净的，几个打扮精致的护士偶尔经过，面露微笑也不匆忙，跟普通病房差距极大，没有排队，没有吵嚷。

"他妈是领导？这病房条件还不错呢。"程小柔酸溜溜地问大盛。

"是，我们系统里的高层。"

"什么病啊？"

"心脏血管堵了，好像得做个支架。"

程小柔现在听见"心脏"俩字就心慌。她又回想起那年陪陆获等她爸做支架手术的那个晚上，瞬间感觉自己也要上支架了一样。大盛转头看她脸色发白，问她还好吧，程小柔点点头说，我会撑到变成高层领导之后再让心脏发病的，就冲这病房。

大盛送她一个白眼，继续往前走，没几步就找到了病房。从门上的玻璃看进去，一个打扮很精致的中年女人靠在床上，正在看电视，床头柜上摆着红玫瑰。

"就是这儿，咱进去吧。"大盛轻轻地敲了敲门，将门拧开一个缝儿，探头进去，紧接着就听见了里面女人的招呼声，貌似热情地说"快进来"。

简单地介绍了一下后，程小柔安静地坐在一边的会客椅上。那阿姨虽然看上去很热情，但自始至终也没有欠欠身子，更别说招呼她们了，原本程小柔想着是因为手术刚结束不得动弹，后来才知道手术还没做呢。阿姨找了一圈儿放花和水果的地方也没找到，最后指挥着大盛就把它们放在了脚底下，然后像领导一样地开始聊起了天。

"工作怎么样？"阿姨很官方地问。

"还好。"大盛的屁股只坐了椅子的三分之一，腰挺得很直，微微含胸点头道。

程小柔看大盛这么有礼貌都有点儿不适应。那个阿姨也并没有把程小柔当回事，眼睛瞟都不瞟她这边，慢悠悠地继续问大盛问题。

"赚的钱够自己花吗？你家里也帮不上你，不问你要钱应该就不错了，你得多努力啊。"

"是，阿姨，我知道。现在够的。"

"住的地方是宿舍对吧？那还好，攒点儿钱以后交个首付，毕竟得安家。你这种家庭情况，你爸妈肯定是没有能力给你买房了，得靠自己。"

"是，阿姨，我知道。我攒着呢。"

"平时要跟同事搞好关系，不要走动过密，但也不能谁都不维护，领导面前要勤快一些，否则后面没有空间的。你不像别人，家里面有关系，你得自己打拼。"

"是，阿姨，我知道。我正努力呢。"

"个人问题解决了吗？女孩子好时候就这几年，你还是得趁早。家庭条件不好的时候，自己更要明白年龄的优势稍纵即逝。"

"是，阿姨，我知道。我……"

"盛隆家，我明天还要去电视台录节目，不能太晚，阿姨也得休息了，咱们走吧？"

"呀，你这位朋友是电视台的啊？哪个栏目的？民生新闻还是娱乐综艺的？我们单位经常跟你们电视台有合作的。我就上过好几次电视了，你是哪个台的？"那中年女人居然要准备下床了。

"哦，她是……"大盛有点儿蒙，不知道程小柔唱的是哪一出。

"我是《焦点访谈》的，负责深挖贪污腐败，阿姨您有素材提供吗？"程小柔客气从容地问着那位中年阿姨。对方明显有些恍惚，她搞不清楚这个小姑娘是不是话里有话故意的。大盛当然明白了程小柔的用意，又不好说些什么，就暗暗地伸手去拉程小柔。看到这样一个小小的举动，那中年阿姨马上就知道眼前这个小丫头是要跟她叫板，顺势送了一个白眼给大盛。

程小柔赶在这个女人之前张嘴说："盛隆家你不祝阿姨手术顺利吗？这样的话你才能再有机会来聆听阿姨的训话啊！"

大盛特别尴尬地一边推着程小柔往外门口走，一边回头跟那个中年女人说再见，也许那位女领导觉得跟个毛丫头对嘴十分掉架子，也许觉得自己理亏，总之竟然没说一句话就让两人走掉了。

出门之后，程小柔的脚步特别快，大盛在后面紧着追她，高跟鞋的声音显得尤其嘹亮。电梯门关上的那一刻，程小柔不知该如何表达自己复杂的心情，居然拥抱了大盛，大盛明白她的好朋友为何这样，所以没有说话，只是拍了拍她的肩膀说："我没事儿。"

停车场收费按小时计算，她们刚好停了一小时五分钟，出门的时候一个抽着烟的大叔问她们要两个小时的钱。程小柔先是落下车窗跟他说，超过十五分钟才能算下一个小时，所以只能给他一小时的钱，大叔随即提高了嗓门开始嚷嚷，什么我不管谁规定的，我就这么收费，你必须得给等等之类。大盛看着程小柔，她先是跟大叔理论，大叔一副老子天下第一的样子，程小柔就不说话了。停顿了一会儿，忽然间就见程小柔拉上手刹，解开安全带，推开车门站到了大叔面前，整个过程完全没有任何气口。程小柔一手指着不远处已经将被灰尘遮住的停车管理制度，一边有理有据、有速度、有声高优势地说了三分钟，中间几乎没换一口气，等她说完的时候，后面排队交钱的司机都鼓掌拍手了。大叔完全蒙了，牛烘烘的气势轰然散去，不停地小声念叨着，在这里看车的都这么收，他不是第一个，是因为别人也这么收钱他才这样的。稍微缓过神儿来之后，又谨慎地小声挖苦程小柔，说一个小姑娘干吗脾气这么大，不就是两块钱嘛至于吗，等等。程小柔挺起胸膛深呼吸了几次，也不理他，自己回身坐到车里，系上安全带，点火，松了手刹，关紧车窗，大叔开了栏杆，程小柔目视前方一脚油门。

"心脏好像瞬间舒服了！"程小柔自言自语。

"你干吗生这么大的气呢？两块钱而已。"大盛在副驾驶座上小心翼翼地安慰她。

车一直开着，就在市中心最宽、最繁华的大道上，方向既不是大盛家，也不是程小柔家。过了一个又一个信号灯，路灯早就亮了，车流已经减少，晚高峰已经错过去了。

"早知道就不让你陪着进去了。"大盛很愧疚。

程小柔紧握着方向盘，路况很好，她踩足了油门，精力高度集中地看着前方，就像没有听到大盛的话一样。

车里安安静静的，程小柔借着等红灯的空隙，伸手去按开了广播，正好在播着一个情感类的节目。对方也是个女孩儿，在跟主持人诉苦，说自己就要结婚了，但父母正在因为对方不给买"三金"而极力反对着婚事，她说自己很为难，要么就是背叛父母然后嫁人，要么就是听父母的话现在分手。不知道是不是节目刻意追求的风格，主持人从那女孩儿描述完之后，就保持着暴怒的状态，一路高喊着类似于"你为什么没有自我"这种大道理，听得程小柔等不及下个红绿灯，伸过一只手来摸音响的开关，大盛赶紧探身过去给她关了。

大盛明白，程小柔这样是心疼她。从小生活在城市里，家庭状况处于中等的程小柔，肯定没有经历过这样的冷眼。大盛跟前男友从大一就在一起了，她早就已经习惯了他妈妈这样的说话方式。大盛第一次跟前男友回家的时候，他妈妈就拉自己的儿子进了卧室，没好气地塞给他两百块钱，让他立即带大盛去买套新衣服，否则没有办法带她出门吃饭。大盛当时也很难过，但是男朋友搂着她说你放心，往后是咱俩过日子，我疼你，肯定把你疼上天，不会再有任何人有机会说你穿得不好。

就因为这些历历在目的回忆，大盛才会说那句"若换君子回头，宁折十年阳寿"。

大盛侧脸直愣愣地盯着程小柔，一副讨好的模样，她已经做好了准备让程小柔骂自己一顿，如果这样程小柔能撒气的话。

程小柔也知道大盛在讨好自己，可大盛越是这样她心里越难受，一个二十几岁的小姑娘，背井离乡在外地工作，身边一个亲人都没有，纵然是这样，大盛每天都乐呵呵的，那个女人，只不过是她前男友的妈，凭什么对别人的家人评头论足，就算当初的工作是她介绍的，也不用大盛如此低三下四地还人情吧。想着想着，程小柔居然哭了。起初她还想掩饰，想趁大盛不注意赶紧把眼泪擦干，可不知道为什么，越是想忍着就越忍不住，大盛一下子就发现了，满车找纸巾也找不到，想用手给她擦又怕影响程小柔开车。她只能探身过去轻轻抚着程小柔的后背，拍着拍着自己也哭了。

两人更是一句话也说不出来。

程小柔找了一个空地，把车停下来，拉了手刹，熄了火，她转身看着大盛的那一瞬间，大盛一下子抬起头来送上了笑脸，特别真诚且发自内心的那种，虽然脸上还有没擦的眼泪。

大盛的笑，让程小柔把原本想说的话都忘了。大盛说，程小柔你真是我的好朋友，从小到大最好的那种，你啥也不用说，我都懂。我就给你下个保证，以后再也不去拿自己的热脸贴别人冷屁股，前男友的事儿到今天为止，也彻底翻篇儿，我再也不会找任何理由麻痹自己不接受那人已经跟我没关系的事实，你放心，我说到做到！

程小柔一时间，既找不到合适的语言，也找不到合适的动作来表达她的心情，情急之下用手捶着自己的胸口，大盛见她这样以为她又心悸，顿时紧张得想去掐她的人中，慌乱中被程小柔一手打开了。两人好一顿吵闹，又在后座翻出一包没开封的纸巾，各自擦好了眼泪，擤干净鼻涕，一人一块镜子，面部狰狞地补着残妆，嘻嘻哈哈的，这一场小风波终于全都过去了。

离夜色完全笼罩还有点儿时间，程小柔和大盛商量着找个地方或者吃点儿或者喝点儿。她们重新发动了车，又开了音响，这次是程小柔特意选的碟片——《日落大道》。

程小柔按着喇叭，哼着歌，她大声地对大盛也对自己说：没有什么事值得忧愁，除了好好想一想咱们吃点儿什么！

大盛就学着汽车喇叭声，一脸灿烂，手指前方回应她：对！所有的忧愁都应该被狂吃……狂吃……狂吃……解决掉！

虽然还没有目标，但她们在路上。

程小柔的心悸就这样被治好了。她深深地被大盛感染了，面对生活的操蛋，你绝不能和它一起哭泣，而是应该像大盛一样，无论前一秒哭成什么样子，再抬起头来的时候，必须笑容满面！因为，人在坑里的时候，谁拉你也白搭，只有你自己使劲儿，才能真的走出来。

05

春暖花开，虐恋又来

黎明前总有一段最黑暗的时刻，深陷其中的时候是没有办法想到光明就在后面的，能熬住、能等，差不多算是这个时段里最为勇敢的作为了。

大意失荆州的事儿，每个人一辈子都得遇到几次，特别是年轻气盛的时候。再稍微有点儿得意忘形，那肯定是要在斗争中挨点儿枪子的。

先是程小柔，自己撂了挑子给领导出了难题，还小得意地以为展示了自己的个性。小朋友的幼稚，就体现在她以为领导该在意的事情，领导其实可以最先放弃，比如什么专业程度和资格。程小柔请了一周的假，领导直接另请了一个老师代课，搞得程小柔销假回去的时候，只能坐在教室里跟学生一起听别人讲课学习。你要是心大，就这么待着也没人赶你，但你要辞职也绝没有人稍作挽留，你前脚走，后脚想进来的就排起长队来。好在程小柔也不再纠结于此，她从想明白的那天开始，就已经翻开了回上海的倒计时牌，这些眼前的小苟且，她都仰头忽略了。

老程同志一直在出差，黎女士也只关注自己的更年期综合征，遇到的大事小情，程小柔只能跟大盛聊，遗憾的是，大盛虽然劝了程小柔，但自己却没注意。她因为一段小忘情，栽了一个大跟头。

大盛在程小柔的家乡前后才待了两年，在她彻底对前男友死心之后，就常常吵着要离开。她之前一直纠结怎么递辞职信才能顺利走掉，却没想过被裁员的消息会早一步出现。

大盛有一段时间跟程小柔见面有点儿少，她神秘兮兮地给程小柔打电话说老娘最近比较忙，没有时间临幸你，你自己打发一下闲散时光，待老娘攻城拔寨之后再与你漫诉衷肠。程小柔猜想她八成是看上了哪个男人，准备开始新生活了。程小柔浑浑噩噩地每日捧着一本厚厚的英文字典，考研大军尊称这本书为"红宝书"，可是她持续努力了两年都没有翻过"a"打头的那几页单词表。她越是背不过越是讨厌英语，越是讨厌就越想看中文小说，随便翻开一本时间就不知不觉地过去了，如此循环往复。程小柔认真地想过，真的没有一件事像学英语这样，学了十好几年都学不好。一件事，长时间做不好，会很挫败，让人找不到自信。谈恋爱也是一样的道理。

在某一个年龄段，找人谈恋爱就是天大的事情。遇到一个天天把你夸得像花一样的对象，也容易让人迷失自我，大盛就是。

春暖花开的时节，大盛的公司来了一批新毕业的实习员工，跟一年前的她一样，熟悉熟悉业务，不出什么大问题就会在拿到毕业证之后正式入职了。有个长得干干净净的小帅哥入了大盛姑娘的法眼。大盛先是对人家关怀照顾，小伙子也是个机灵聪明的，对大盛的良苦用心揣摩得细致到位，没过几天两人就开始眉目传情了。小伙子刚进公司就有这样的待遇，激动到不行，感觉无以为报，只能勤快地每日打扫部门卫生，从不迟到，更舍不得早退。公司三令五申不能搞办公室恋情，两人就得偷偷摸摸的，又正处在暧昧不清的阶段，大盛说这种极致的体验感简直爆棚了。小伙子每日在几个时间段主动找借口给各位老师添加热水，中午积极要求帮各位老师带午餐外卖，下午哪位老师说楼下门卫有快递，他也自告奋勇跑去取快递，绝不吝惜力气，其实是为了给大盛献殷勤又怕人发现，顺便就把大家都照顾了，如此一来人品立即有口皆碑。

不出半个月，同一批实习生还在帮着整理资料的时候，小伙子已经被安排在了重要岗位帮忙，给大盛做助手。大盛在公司负责做大客户的回访，有些电话解决不了的VIP，自然少不了得专门跑一趟。于是，大盛堂而皇之地得到了假公济私的机会，小伙子跟着大盛，躲开众目睽睽，阳春三月里，一起乘着出租车或者公交，足迹遍布整个市区的各大写字楼。小伙子对这个陌生的城市一下子有了好印象，哪怕会有突如其来的沙尘暴和隔三岔五的重度雾霾。小伙子跟大盛并排走着的时候，会感谢忽然钻出来擦肩而过的小摩托，因为这样就有机会揽一下大盛的肩，如果大盛再赐他一个半推半就的羞涩微笑，他就真的会傻乐半天。

两人没有开诚布公地陷入了爱情。

约会很重要的一个项目就是开发去哪里吃饭，尤其是能找到那些味道超好的苍蝇馆子，更能增加情趣。大盛自从认识了程小柔，几乎把能打卡的地方都吃过一遍了，有些不乏还是程小柔小时候就已存在的老馆子，味道自然是地道的。大盛挑挑拣拣，半个月的时间也差不多带着小伙儿把她喜欢的地方都尝了一遍，小伙子常常一副不敢相信人间还有如此美味的表情，让大盛的小虚荣心得到了极大的满足。结账的时候，价钱不高，早工作一年的大盛会真心实意地抢着买单，小伙子说不行不行，我是男生，不能老让你花钱，这样吧咱俩一人一半，毕竟我还在实习，等着以后再怎样怎样。大盛就觉得这点儿小事儿不值一说，北方老爷们儿一身大男子主义，她都习惯了。

泡在教室的程小柔，偶尔打开手机会收到一两条大盛发过来的秀恩爱的短信，什么小朋友居然背着我早到公司给我冲了一杯红糖姜水之类，她回信挖苦大盛说见异思迁，你要不要确认一下老天爷是不是真的忘了"十年阳寿"那事儿啊！但关上手机的时候，程小柔是真的好开心，她为了大盛能够走出失恋的阴霾，再一次遇到爱情而开心，无论怎么说热恋都会让人容光焕发，效果比过任何昂贵的护肤品。她算着时日，过不了多久大盛的小伙子就会大摆宴席了吧，毕竟开始恋爱的话，见女朋友的好闺蜜几乎等同于婚前拜见家长，需要一个充满着"移交"仪式感的聚餐。大盛诉衷肠的短信越来越多，都是关于那个男生的，什么公司的领导也都很喜欢他，觉得他工作认真、有眼力见儿；他很会过日子，已经跟她畅想未来……程小柔欢喜之余，合计了一下，他俩好像才认识了一个月而已，这个发展势头是不是有点儿猛了？两人真的已经足够了解以至于可以畅想未来了吗？但转而一想，又觉得自己有些吃不着葡萄说葡萄酸了，恋爱嘛，总是要有些不着边际的念头出现，才能证明确实释放了荷尔蒙。

春天在这个城市特别短暂，有时候都来不及把衬衫和单裤拿出来，气温就飙升到三十几摄氏度了。"二八月乱穿衣"的景象随处可见，有人烈日下穿厚毛衣敞着怀，有人日落之后穿着短袖T恤打喷嚏。

程小柔在大盛谈了恋爱之后，忽然也开始有点儿思春，走在路上，但凡看见成双成对的，不免羡慕。她听过一个传说，说原本世界上的人是男女同体的，大家有两张脸，前面一张背面一张，既能看见前面，也能看到后面。但是这样一来他们就总是吵架，因为意见不统一，连到底往那边走都要吵，终于有一天把上帝吵烦了，上帝大怒，把人劈开了，还送来了雷雨大风冲散了他们。于是，自那开始，这世上的人就开始了寻找，终其一生要找到自己的另一半。

程小柔常常在公交站上或者横道线边等待的时候想起这个传说。她看着来来往往的人，心想一定是因为现在人太多了，所以她的另一半才会迟到，但这事儿也不能心急，多等的这些时日跟漫长的余生相比，还是短暂的。

大盛在安静了几天之后，某天中午忽然给程小柔打了个电话，说我现在在KTV唱歌，你要不要过来一下。程小柔接到电话的时候，刚在城郊的教室里上完课，赶回去也得一个多小时，关键是她没弄明白，一个工作日的大中午，大盛为什么会在KTV。大盛说不来也无所谓，我自己已经唱了四个小时了，也有点儿累了。

程小柔第六感觉就是大盛和小男生出问题了，否则绝不可能这样。但她下午还有两节课，稍稍安抚了一下情绪失落的大盛，说一下班就去找她。大盛懒懒地哼唧出几个字，那就是"直接去我家吧，我也不想去上班了"。这么一弄，程小柔还有点儿担心了，她问了好几遍"大盛你没事儿吧？"，大盛没好气地说："死不了啊！你赶紧去上课，然后早点儿下课！"

匆匆上完了课，程小柔按照大盛发来的地址，找到了一个老式的六层楼公寓，大盛说她在三楼。程小柔是从来没有租过房子的，只有大学时候，她的男朋友夏天在上海租了一间小房子，她每到周末都会去，里面收拾得干干净净。这是程小柔唯一的在陌生城市租房子的经历。大盛就不一样了，她说自己从小就住在租来的房子里，时不常地就要搬家，直到上了高中，他们家才正儿八经地买了属于自己的房子。

推开单元门，她发现一楼居然没有灯，借着外面昏暗的路灯她将将能够看清台阶，经验告诉她不要去抹扶手，这种连灯都不亮的楼道里估计四处全是灰。果然，上到二楼的时候声控灯亮了，楼道里堆满了各种破烂杂物、煤球、破自行车，歪斜的旧家具挡住了二楼半的窗户，玻璃被砸了，堆着一角玻璃碴。程小柔不敢细看，通常情况下，这堆杂物里藏着老鼠也不一定。想到这儿，她三步并作两步地赶紧上到了三楼，不等确认哪一个门就高喊："大盛，开门。"

"别这么喊，我在里面听着就像土地爷爷叫孙悟空一样。"大盛穿着棉质的睡衣，披头散发地来开门。"进来吧，那边是我的房间，客厅公用，不过我和同事都堆东西了，应该也没地儿坐。你进屋去，想喝什么，有可乐或者泡茶。"

"可乐。"程小柔进了大盛的房间，怎么形容呢？这么说吧，如果大盛不想出房间的话，她窝上两天应该渴不着、饿不死。矿泉水、泡面、火腿肠、薯片、瓜子，还有两个西瓜，和谐地散落在房间的任何一个角落。一张两米的大床，一半铺满了衣服，一半是她的被褥，远观显得又脏又乱，但细看能发现床品的品质都很高，睡上去肯定超级舒服。屋子有个二十几平方米，小沙发上面扔着笔记本电脑，写字台上铺满了护肤品和化妆品。程小柔把笔记本电脑往沙发旁边放了一下，挖了个窝坐下，注意到沙发扶手上还有一件男士衬衫，想了一下也不奇怪，都是成年人。

"中午给你打了好几遍电话你才接。"大盛举着两听可乐进来，顺带着用脚把身后的门踢上了。大盛知道程小柔要审问她，所以随便找个话题先聊起来。程小柔不跟她绕，直接就问为什么发神经自己去唱歌。

大盛一张生无可恋的脸，喝了口可乐又打了个嗝，才慢慢悠悠地说："上周那个谁送我回家，然后进来聊了一会儿，磨磨唧唧地不肯走，那么就那个啥了呀。但是，我也不知道他是第一次呀！"大盛一副受了很大委屈的样子，这让程小柔也没搞明白。大盛又抿了抿嘴唇，一不做二不休地继续："然后他就觉得吃亏了，然后就……"

"就什么？难道就要分手？"程小柔无法想象，二十一世纪还会有这种男人存在。

"那倒没有，只不过自从这件事之后，就总是吵架。他总觉得自己受了多大委屈一样，动不动就跟我算账，出去吃饭嫌花钱多，我买化妆品嫌花钱多，关键是我花的都是自己的钱啊！"大盛说起这些事的时候，显然还没有想通到底怎么回事。

"我都没听明白，花钱跟他是不是处男到底有什么联系？"程小柔也是混乱的，她从来没有判过这么糊涂的感情官司。

只不过，程小柔原本就觉得大盛找个实习的小同事而且发展得这么快，是有点儿不靠谱的。这么听下来，小实习生简直有点儿low，程小柔都不知道该怎么跟大盛继续聊这个话题。

"我其实也不大明白，但他就是翻来覆去地总是拿这个说事儿，说什么认真过日子的人不会乱花钱，能当好妻子的人不会不把自己的第一次留给未来的丈夫，既然发生了关系也不能不负责之类的……他难道是想跟我结婚吗？可我们恋爱还没谈明白呢！"大盛一脸无辜地向程小柔求证。

说来也奇怪，程小柔和陆荻在一起的时候，脾气好得跟绵羊一样，都是陆荻在一旁咋咋呼呼、吆五喝六的。但她跟大盛一块儿玩的时候，多数情况下都是程小柔脾气暴躁。大盛常常感叹程小柔的名字起反了，不小也不温柔。

"你俩是不是发展得快了点儿啊？"程小柔自言自语，"大概人家觉得发生了关系就是要结婚了。你也真是的，当时为什么不拒绝呢？"

"为什么拒绝？我都单身这么久了。他可是我正经的男朋友，都快三十岁了，有什么好拒绝的？"大盛一旦进入到自己的逻辑里，那也是相当的没羞没臊。

"那人家可能就会觉得你轻浮啊，然后就开始挑三拣四，然后你就不开心，然后就吵架。其实说白了还是不合适。"

"对！太对了！就是这么回事！正常的男女朋友发生关系，这有什么不正常的吗？可他什么事都得往上扯，我就觉得他骨子里就是不尊重女性。都什么时代了？女性都已经独立多少年了？咱们又不用他养着，能力也不比他差，波伏娃都写出《第二性》了！他有什么资格在这里用这件事情主观臆断我不是好妻子、不会过日子，甚至说我水性杨花？他是不是有毛病？"

程小柔听着，不由自主地给她竖起了大拇指说："大盛你讲得多好多有道理，你去跟他讲呀，你跟我讲有什么用呢？"

大盛就像霜打的茄子，耷拉着脑袋说："废话，我当然已经跟他讲过了。"

程小柔就知道，大盛在她这里有多么能说，在那个男人面前就有多么尿。

"我让他滚了，但是，我是想着以后要防患于未然。"大盛善于给自己找个台阶下，她是射手座，有了台阶，什么事儿都不是事儿。人盛说了，她愉快地活到现在全靠着没心没肺。

"怎么防患于未然？"程小柔追问了一句。

"我想着是不是得去做个处女膜修复手术，保不准天底下很多男人都在意那层膜呢！"

如果说善于总结并在问题中汲取教训是一个人成功的必备条件，那么在这件事上，程小柔宁愿做一个失败的人。"你遇上一个疯子，谈崩了，然后想了想世界上还有别的疯子啊，所以说你决定自己也得疯。"程小柔思考了一下，给大盛举了这个例子，不管恰不恰当，至少是当下她对那个男人全部的印象。

"是这个意思吗？"程小柔控制着自己的情绪问她。

大盛盘腿坐在床上，和程小柔面对面，两人像开会一样，严肃而认真。这个当口，大盛的手机忽然响了，她看了一眼恶狠狠地按掉了。

"谁啊？"

"那个谁。"

"还没分手？"

"分了，连着吵了好几夜，分得脆脆的。"

"那他打电话干吗？难道求和好？"程小柔没管理好自己的表

情，竟然流露出恐惧。

然而大盛并没有发现，脸上还掠过一丝小姑娘的得意，毕竟分手就像两军打架，谁都想做那个全身而退的人，潇洒的即时转身比起多年后的舒适生活来说更能解恨。所以分手这件事上，根本没有"君子报仇，十年不晚"，能今晚气死他就别等明天。

电话一直在响，大盛就一个接一个地挂，越挂越得意。程小柔目睹这一幕，觉得这两人就像用电话铃声聊天一样，心理动机让人匪夷所思。就这样持续了五六分钟，程小柔快要看不下去的时候，电话终于不响了，紧接着进来一个短信提示。大盛自信地拿起手机来看了看，瞬间脸色变得铁青。

"怎么了？"程小柔小心地问。

"你等我一下，我去开门。"

"上门求和好啊？我告诉你不许心软！"

"不是，是要拿什么破衣服。穷酸德行。"

合着刚刚过去的那十来分钟，是真有急事而不是调情。因为一件衣服，特意跑一趟还如此坚持，如果没点儿什么第二计划，确实显得穷酸。程小柔心里想着，歪头过去扫了一眼沙发，又看见了那件男士衬衫，想必应该就是它了。海澜之家那种白衬衫，也不是什么值得再拿回去的高级货，穿上也许还有点儿像路边的"洗剪吹"

或者房屋中介。但转而一想，程小柔猜着也许那男孩儿可能是用衬衫当借口，想再见见大盛也说不准。如果是那样，这人还有点儿值得留恋。

然后，门外一阵暗暗的骚动，还没来得及听清楚是谁说了什么，门就直接被打开了，程小柔下意识地起身回头看开门的人，不是大盛，是个梳着二八偏分的男人，戴着眼镜，穿着深色格子的短袖T恤衫，带领子的那种，无法描述的第一印象。

"让你进来了吗？"大盛推开他自己进了屋子，给程小柔使眼色，一脸实实在在的厌弃。

"我说了我是来拿衣服的。还有，之前给你花的钱也得算算。"那个小男生一张嘴，程小柔就死死盯着大盛，她觉得自己满脸写着问号，这就是你说的长得还不错的帅哥吗？二十几岁的男人，还能说出"算一算恋爱中花过钱的钱，再要回去"这种话，程小柔也是被惊得一屁股坐在了沙发上。

"你花他钱了？你花他什么钱了？"程小柔认认真真地责问大盛。

"我花你钱？！你有钱给我花吗，你穷疯了吧？"大盛也被这话羞辱得气急败坏。

"怎么没花？这一个星期早饭都是我买的，还有一次下班的打车钱，我说坐公交车的，你非说自己肚子疼要打车，还有……"这男人居然说着说着还从双肩包里翻出来一个笔记本，大概上面记满了花销流水账。

程小柔听了这些，恨不得像一个老母亲一样走过去抽大盛两个嘴巴子，好让她知道自己是多么有眼无珠。

"咱俩还得算这个账吗？那我请你吃的晚饭呢，看的电影呢，买的夜宵呢，你来我们家蹭住的这一个星期是不是水电费也得交一下啊？"也许是因为当着程小柔的面，大盛觉得尤其丢人，冲上去用手撕了那个男人的心都有了。

"你当时说是请我，我才陪你吃的，电影选的也是你爱看的，水电费……那我还和你睡觉了呢，你又不是处女。"

"滚滚滚！"大盛终于忍无可忍，她冲上去想要把那男人推出门去，那个男人则死把着门框不肯动。

要说一个人坏，那他得有智商使坏，程小柔觉得眼前的这个男人完全不能归类于那个范围，他就是单纯的差劲，特别上不了台面的那种差劲，说话和举手投足都透着一股挥之不去的低俗感。

大盛被击溃，根本不是因为爱情消失掉，而是发现自己居然有过这样的爱情。程小柔大学的时候，读到莎士比亚的《仲夏夜之梦》，她恍然大悟。莎翁的确世界第一，《仲夏夜之梦》里说爱情是怎么来的？就是你睡觉的时候被神灵点了神奇的爱之花液，等你醒来，就会爱上你第一眼看到的那个生物，无论它是人还是驴子。这就是爱情发生的所有原因了。而为什么有那么多人陷在爱情的痛苦中无法自拔，那是因为你正沉迷的时候，又被神灵点了爱情的解药，再睁开眼睛的时候，你就会惊奇地发现自己居然和一头驴子睡了那么多天！

想必大盛此刻的心情就是如莎翁的"仲夏夜"一样，所以她才恼羞成怒，三步并作两步地几乎扑过去，推搡着那个谁，让他赶紧消失。要不是程小柔拉着大盛，简直就要打起来了。但更让人生气的是，那个谁居然还要还手，程小柔一看这也不是个君子，随手就抄起了脚下的笔记本电脑大喊。

"你他妈的敢动手，我就砸死你！"程小柔从来不在陌生人面前爆粗口，这个男人把她逼成这样，也是史无前例了。

那个小伙儿被这阵势吓住了，举着双手僵在那里，又开始动嘴。

"你是谁啊？你怎么能这样呢，我们俩的事情你有什么资格管？你还举着电脑，你放下！"他虽然嘴上还不服气，但是脚底下已经做好撤退的准备了。

"你陪一宿多少钱？你是处男，你开个价，老娘买单。"比得不到更痛苦的，是忘不了，无论想忘记的是好还是不好。

"你怎么能这么说话呢？你简直就是流氓。我那天晚上知道了那个啥之后就怀疑了，我就怀疑你品质有问题，你肯定行为放荡！"那个男人还在抢嘴，一口土味普通话更显得讨厌。

"对对对，她品质问题可大了，你到底准备什么时候滚？你是不是真想要钱？"程小柔几乎要忘记这人是大盛的前男友，就像跟一个陌生人吵架一样，浑身充满了力气，毫不想退缩。

"没你说话的份儿！"那男人几乎带着哭腔喊出这句话的时候，程小柔和大盛很默契地看了彼此一眼，她俩大概都感觉到，这情景很像小时候在幼儿园里，两个好朋友合起伙来欺负一个小姑娘。程小柔忽然忍不住笑了，她放下手里的笔记本电脑，又探身过去拿起了那件衬衫，把大盛拉到一边，伸手递过去衣服，又向男孩儿走近了两步，面对面很认真又很温柔地跟他说："我说话是为了帮你啊弟弟，大盛脾气不好，我怕我再不帮你解个围的话就得帮你打120了，她是东北人，你忘了？'你瞅啥，瞅你咋滴，然后就开干了'，说的就是他们，怎么你还非得试试吗？"

程小柔眼睛死死地盯着他，还故意把语速放慢，抑扬顿挫的点送尤其清晰，大盛在不远的地方也很配合，一会儿拿起水果刀看看，一会儿又把扫床的木刷子拿起来，也不说话，也不看他。小伙子认认真真听完之后，尽量不动声色地倒吸了一口气，接过程小柔递过去的衬衫，憋了半天想说点儿什么，刚张开嘴又恰好赶上大盛抬眼睛看他，于是赶紧低下了头转身就往大门去了。先是砰的关门声，继而楼道里瞬间叮叮咣咣的，应该是跑得太急碰歪了不少破烂。

屋子里一下子安静了，只能听见两人的呼吸声。大盛扑倒在床上，顺手拿鹅毛枕头捂住了脑袋，程小柔坐回沙发上，刚叹了一口气，大盛就从枕头里伸出五个手指头做推挡状。

"不许批评我，我已经很丢人，很厌恶自己，很后悔了！而且现在还很脆弱，你再说我我就跳楼。"

程小柔叹口气算作回答她的自作多情。

大盛继续感慨："常在河边走哪能不湿鞋！"程小柔火上浇油地提醒她："明儿我陪你去医院'修复'啊？"

大盛一个筋斗从床上翻起来，理了一把头发，很认真的样子。

"当然不去了，你说得对，我被疯狗咬了，不能把自己也变成疯狗啊！"

程小柔抄起沙发上的一个兔子玩偶扔了过去："拜托你下次挑一挑对象好吗？你瞅瞅刚才那位，到底哪里称得上帅？"

"别这么说，刚报到那天穿了件白色的广告衫还有牛仔裤，也没抹发油，还是挺好的。"大盛说着的时候，程小柔直撇嘴，闹得大盛越说越不自信，"摸着良心说，亏了是个这样的，要是个有气性的老爷们儿能让你那几句话给吓走？我刚才还真有点儿紧张，真打起来咱俩肯定打不过啊！"

"那倒是真的。我也害怕呢，心想着人家万一没上套，真杠上了可怎么办！太危险了，以后得注意。"程小柔也在后怕，半夜三更的，隔壁也没有人，这么个破旧的小区，邻里之间肯定都不来往，真喊个救命可能都没人好奇打开门看看。

大盛说自己好歹也是失恋了，吵嚷着需要安慰，死拽着程小柔不让她回家，程小柔拗不过就给黎女士打电话请了假。如今的黎女士已经完全想开了，对程小柔的管教已经脱离了严防死守的低级趣味，采取自由发展的套路，只要告知她一下即可。母女二人几乎同时意识到程小柔早就长大了。

大盛只有一张床，晚上睡觉的时候，她们俩还争了被子，毕竟春天还没真正过去，夏天还没有来。大盛这场轰轰烈烈的恋爱，悄无声息地结束了。

关上灯，两个人迷迷糊糊将要睡着，程小柔问道："大盛啊，你会不会有一个阶段很难过呢？这可是失恋呀。"大盛好像冷笑了一下说："我都经历过李承坤了，还有什么样的难过是过不去的？"程小柔在黑暗里有些酸楚，有那么一个瞬间她想起大学时的男朋友夏天，他会不会也跟某个好哥们儿这样说起过自己呢。她摸到大盛的手，使劲儿地攥了攥。

"放心吧，老天爷留给你的，都是最好的。所有的过去，都值得庆幸，都应该唱'多亏不是你，陪我到最后'。"

程小柔在那天夜里梦见了夏天。

他还是三四年前的样子，穿着T恤衫和牛仔裤，走起路来有点儿扭胯，程小柔还是嘲笑他，说他胯关节的螺丝没拧紧，夏天就仰着头说我这是从小跳舞跳的，谁像你四肢不协调似的。他们在超市挑酸奶，程小柔站在冷柜旁边非要心算出到底哪一种买赠最划算，那么多品种她一站就是十几分钟，夏天怕她冷，就在身后抱着她，也不催促，无聊了就吹吹她的头发或者咬咬她的耳朵，程小柔专心致志也顾不上理他。

他们好像还在等手机短信，翻来覆去，整宿都没响。程小柔让夏天拿出手机看是不是没电了，结果夏天怎么找也找不到，程小柔急得直骂他，骂着骂着就醒了。

天才刚刚亮，大盛屋里的窗帘并不遮光，程小柔翻身看着窗子，白色窗帘被风吹得轻轻飘着，窗外没有景色，只能看到对面楼的土灰色墙皮。大盛睡得很安静，没有鼾声，也不乱动。程小柔仔细想了想刚才的梦，真实得好像一会儿起床就能见到夏天一样。

程小柔起身摸来手机，夏天的电话一直还存在她的手机里，两人分手前的短信她都还留着。程小柔点开，一一翻看着，都是些起床了吗，要不要一起吃饭之类的平常小事，那时候怎么也不会想到有一天这种平常小事只能在梦里出现了。

夏天是程小柔在上大学后的第二个夏天认识的，比她大两岁，当时已经毕业在跑剧组。夏天来自遥远的新疆库尔勒，据说混了好几种血统，八分之一俄罗斯、八分之一哈萨克斯坦之类的，总之他有着高高的鼻梁和深深的眼眶，这些都是程小柔喜欢的。

读大学的日子，什么都不富足，除了时间。程小柔每天除了上课、排练，就是等着夏天收工带她玩儿。夏天刚到上海，没有经纪公司，只能整日攥着手机看通告，各种各样的组他都会跑去递简历，多数情况都是石沉大海。他们经常在夜晚牵着手轧马路，如果迎面走来了人或者经过一个路障，夏天宁愿停下来绕过去，也不会松开程小柔的手。阴天下雨有水坑，程小柔经常会毫不知情地准备迈腿的时候，就被夏天举了过去。她走累了，也不打招呼直接跳到夏天身上，夏天就背着她或者抱着她，从来不说"你下来吧"。

夏天也不是不努力，但他们在一起向往过的未来，迟迟都没有出现。不出名的小演员，生活是很焦虑的。有很长一段时间，夏天每天早上醒来，等着剧组给他打电话或者发短信，常常是等一天也没有消息，然后只能睡觉，第二天再继续。所以至今，程小柔还会梦到跟夏天一起等电话的场景，那时候最担心的就是夏天手机没电，好像那个重要的电话就会在手机没电的这几分钟里打进来一样。

他们两人的爱情一如所有大学时代的爱情一样，轰轰烈烈然后无疾而终。虽然程小柔还会时常想起夏天，想起他帅气的脸、对她千依百顺的样子，但四年前的分手，已经是程小柔能够想到的、让两个人都可能过得更好的唯一方法。

每当这个时候程小柔就发自心底地嫌弃自己，她觉得在跟夏天的爱情上，她是一个唯利是图的小人，她羡慕李安的妻子，却没有办法说服自己也朝那个方向努力。她再也不愿看到夏天为了省四块钱的公交费，走五公里来找她吃一碗麻辣烫，她接受不了两个人都不知道明天在哪里的现实。于是，她活着活着就活成了自己曾经最瞧不起的那种人。

跟夏天分手也是在夏天。程小柔只是通知了他一下，就拿起行李回家了，去新单位报到，自我怀疑着上班。夏天来找过她，她哭着躲在屋子里装作不在家，夏天在三十七八摄氏度的室外站了一整天，程小柔就躲在窗户口后面哭了一整天。晚上各家各户都在看电视剧的时候，缩在墙角里的程小柔听见夏天在楼下大声地喊："程小柔，再见了！"

每一个阶段，都会有个仪式，作为旧的结束和新的开始，有些是特意安排，有些是不经意出现的。夏天的那句"再见了"，是程小柔无忧无虑的大学生活的真正结束。

都说人生的出场顺序很重要，程小柔有时也会想，若是在他们俩都再成熟一点儿，至少有一个略有社会经验或者生活智慧的时候，这段爱情再发生，那该多好呢。他们曾经畅想过的，夏天会永远牵着程小柔的手，上天入地、至死不渝，那样的未来一定会实现的。

06

你好北京

大盛在分手之后，把自己的QQ签名改成：未来可期！

其实所有的事情，似乎都可以用"量变引起质变"来总结、解释一下。日子过得越久，遇见的人就越多，然后发现坏人也比比皆是。"君子喻于义，小人喻于利"，真是一点儿没错。

与大盛分手的那个连名字都懒得再提一下的男生，就是这么一个小人。原本以为瞎了眼睛跟他谈过恋爱，已经是一件很糟糕的事情了，但是抱歉，更糟糕的还在后面等着，没出现呢。

临近"五一"小长假的最后一个工作日，程小柔给学生补了一会儿课，开车回家的时候天都快黑了。路上接到黎女士的电话，说大盛都已经等了你快两小时了，你怎么还没回来。她们俩在家还一时兴起地包了饺子，就等程小柔进门下饺子了。

大盛没打招呼忽然造访，程小柔有点儿奇怪，按理说她应该请上半天假早早地坐上回东北老家的火车，前儿天见面的时候她们俩也就是这样商量的，大盛还要给她带"东北四宝"回来送老程同志泡酒。

程小柔一推门就看见大盛四仰八叉地歪在沙发上看电视，厨房的抽油烟机轰轰作响。大盛对生活时常会缺乏分寸感，比如这种情形，如果换作程小柔，她是无论如何都不会这么实实在在地躺在别人家的沙发看电视，等人家妈妈做好饭端到嘴边的。程小柔直来直去，所有的喜怒哀乐都挂在脸上。她换好鞋，招呼也没跟大盛打，把包扔在大盛头顶上，转头进了厨房，故意大声地跟黎女士说话，什么辛苦啦，天儿这么热还麻烦你做饭，等等，嗓门大到黎女士还得腾出空来跟她使眼色。程小柔全当不懂，她心想这都什么朋友，真不把自己当外人。好在大盛耳朵还是好用的，没几句就也挤进厨房，跟着程小柔学，妈长妈短的，把黎女士哄得喜笑颜开。

热爱美食的黎女士，只要有人夸赞她做的食物好吃，她就会完全不顾及辛劳，表现出让人难以拒绝的热情。大盛当然是识时务者，不停地说太好吃啦，可真好吃啊，怎么这么好吃呢，弄得黎女士光顾着笑都顾不上吃了。程小柔又嘲笑大盛演技拙劣，夸得假，大盛也不往心里去，乐呵呵地吃着饺子。

"阿姨，我以后要是想你的手艺了，还真挺麻烦。"大盛开开心心地把一只肥饺子整个塞进嘴里。

"不麻烦，提前半天给我打个电话，说喜欢吃什么馅儿的，我就开始准备。"黎女士没明白大盛说的麻烦，到底是谁麻烦。

程小柔看着眼睛笑成一道弯月亮的大盛，她不置可否地努力嚼着，若无其事的样子。大盛出现这种状态的时候，往往应该是有什么事儿，她不知道该咋说，就用这种表情和模棱两可的话引起程小柔的注意，引得程小柔主动问她。大盛屡试不爽。

"你又怎么了？"程小柔果然忍不住。

"我要去北京。"大盛尽量把这个决定说得特别轻巧。

"出差啊？"黎女士随口问道。她们那一代人，工作的时候要离开，都是因为出差，首先想到的永远不会是辞职。可是程小柔一下子就反应过来了，大盛去北京是定居。"为什么？"程小柔紧着就问了一句。

这娘俩的两个问题，聊的好像不是一个天似的，弄得大盛不知道先回答什么。她喝了口饺子汤，冲黎女士说："我换了工作，新工作在北京，所以说以后再来吃饭就不能像现在这样方便了。"

黎女士对大城市有着莫名的好感，一听说大盛要去首都，小嫉妒的心理马上作祟，拿胳膊肘碰了程小柔一下，说："你看看人家大盛，多么有出息，多能闯，一个人在外面，工作越做越好，这下子去了北京肯定更好了。你天天和人家一起玩，也影响不了你吗！"程小柔从小到大，不知听到过多少遍这种句式——"你看看人家……"黎女士的性格也真的是奇怪，凡是别人的都是好的，无论什么。别人的工作是好的，别人的老公是好的，别人的孩子是好的，别人的房子是好的，别人的衣服是好的……如果想让黎女士喜欢什么，很简单，先把这样东西给别人并且让她看到，她会毫无理由地喜欢到无法自拔。

　　大盛原本是要等着程小柔审问的，意外地听到了黎女士的夸奖，形势还有可能变成程小柔的批判大会，大盛有些尴尬了，赶紧说："阿姨，新工作还不确定呢，我去了也得再确认一下。"

　　黎女士还想继续发表意见，程小柔提醒大盛吃完了得散步，大盛默契地说我刷好碗咱们就去走圈减肥。黎女士如此热情，怎么会允许客人动手干活儿，急忙起身把大盛手里的盘子接了过来，两人客气了半天，最终大盛还是败下阵来，只不过这么一忙活，黎女士已经完全忘了刚才要聊的话题。程小柔和大盛顺利出门了。

　　两人随意溜达着。大盛辞得很突然，连她自己都没有做好心理准备。换句话说，根本不是辞职，应该就是被赶出来了。大盛是被人算计了，她让程小柔猜是谁背后捅了她，程小柔连想都没想地说："前男友。"

　　"嗯！他在领导面前告了我一状，说我因为追求他不成而在工作上处处给他使绊子。"

　　"领导信了？"程小柔觉得但凡有点儿辨识能力的人，都不会相信大盛能主动追求他，还被拒绝掉。

　　"领导信不信不重要，重要的是领导更喜欢他。你忘了，我跟你说过他是这一批实习生里最会讨领导和同事喜欢的，特别勤快，特别不惜力气，嘴又甜。老跟我事儿事儿的那个退休大叔你记得吧？他天天找人家请教问题，老师长老师短的，那大叔都快认他当干儿子了。其他中年妇女就更别提了，都忙活着给他介绍对象呢。"

大盛有点儿低落，"得道多助，失道寡助"，这件事情应验了老话，确实有点儿憋闷。大盛自己嘀咕着："咱们都没长那个心眼儿，我也是才明白里面错综复杂的关系。大人们都精着呢，我还是太嫩了。"

程小柔听不懂了，普普通通一个实习的，还能有什么错综复杂的关系？再说了，大盛也只是一个小业务员，根本影响不到谁的利益，这个小伙子怎么就能一石激起千层浪的？

大盛叹了口气跟她解释说："那人虽然不是本地的，但爹妈在老家也是有点儿能耐的，他能到这个单位来实习，家里肯定是托了人找了关系的。相比之下，自己的劣势就很明显了，原本是前男友的妈给安置进来的，可是靠山转脸就变成了陌生人。这种消息，领导都是第一个知道的，包括上回你陪我去医院那次，也是领导进一步的试探，人家主动告诉我那个阿姨生病了，就是要再考验一下我们的关系到底处在什么程度。可是当时我哪能想得到呢。"

程小柔听到这里，顿时心生愧疚，那次当着人家的面出言不逊，让人家下不来台，她还以为是帮助闺蜜解了心头之恨、出了口恶气，可现在听大盛这么一说，好像是把大盛往艰难险阻的道路上又推了一把似的。程小柔不死心，她接受不了这种事实，一个年轻员工，干得好好的，前男友因为分手恼羞成怒，去给领导告了状，然后领导就出面让员工辞职。就算是回到幼儿园，老师这么处理俩孩子吵架，也有点儿过于草率了。她追问大盛："你确定是因为这事儿，不是领导拿这个当借口吗？"

大盛被程小柔问得也有些不自信了，回忆了半天跟领导的谈话细节，一五一十地说给程小柔。这种大国企的领导谈话都特别圆滑，说来说去紧拽着年轻人做事冲动不放，反正怎么说都是大盛不该违反原则，现在欺负了人家男孩子，影响十分不好，同事意见都很大，她就算作为一个朋友和大姐姐，都该是时候考虑换份工作了。

程小柔还有最后一个想不通的事，那个小男孩至于使出如此不堪的手段吗，他到底图什么？难道就为了解气？

大盛讲完了来龙去脉，倒是变得洒脱了，扬扬手说那怎么可能，如果是因为我的话，我还略微有点儿感动。不是所有的人都跟咱们一样的，在他们眼里爱情算不上什么，根本没有因爱生恨和纠缠不休。人家就是想要个编制，我们单位最快一个能空出来的名额就是那个要退休的大叔，但是也得两年之后。前男友等不及了，他要办户口、买房子、结婚，当初人家跟我畅想的时候，咱当笑话听了，人家可是认真的。如果因为这件事把我挤走，那么编制不就提前空出来了！

这种简单的人事关系，如果放在几年之后，怎么可能难住大盛，可在当时大盛被领导说得面红耳赤，根本不知道该如何接话，只能说正好我也想去别的城市，领导又假意寒暄了两句，一半是真诚的再见，一半是假意的祝福。

其实，大盛在描述这件事情的时候已经像在讲别人的故事了，没有什么情绪波动。她迅速换了一个角度，说如果一生必须有几次被迫辞职，那么发生在二十几岁，就是一件被老天爷眷顾的事情了。

程小柔重重地拍了大盛的肩膀一下，认认真真地给她竖起了大拇指。

"我觉得非常好，得感谢那个渣男，不然我可能永远都下不了决心离开这里。我现在对未来的生活充满希望。"大盛扬起下巴抿着嘴，眼睛笑得弯弯的，路灯下的侧脸，超级美丽。

未来的生活就像盒子里的巧克力糖，谁也说不准下一颗是什么味道，所以才会让人期待。

大盛出生在东北的一个小城市，她从小受父母的影响，爱读书爱写字。据说，大盛的爸爸和妈妈是通过写信谈的恋爱。那时候，大盛爸爸在广西农村插队，经人介绍认识了故乡的大盛妈妈，于是他们就鸿雁传书。大盛的妈妈在写了九十九封信之后，揣着第一百封信，坐了几天几夜的绿皮火车，亲自送到了广西。然后，两人就结婚了。大盛很羡慕他们的爱情，绿皮车、书信、邮票，还有漫长的等待，这才是爱情应该有的模样。后来她读到木心先生的《从前慢》，就给老爸拨去电话，问这是不是你的青春？老爸沉默了一会儿，电话里传来了很轻细的笑声。

她考大学的时候就想去北京的，但是答数学题的时候涂错了答题卡，饶是这样，她还超了二本线不少分数。看着填报志愿的单子，大盛觉得既然不能读北大、清华，那读什么都一样。想着还没见过大海，就随手填了几个海滨城市的大学，排名不分先后。后来就被烟台某大学录取了，学习数学。大盛哭笑不得，说数学就像幽灵一样，让她挥之不去。

离家读书的那几年，寒暑假回家以及返校特别麻烦。飞机最方便，但是太贵，想都不敢想。于是，她乘坐过除飞机之外的所有交通工具，包括海上的船和陆地上的牛车。才读到大二，她就下定决心，以后还得去北京，至少交通发达。没想到一场恋爱，让她辗转到了程小柔的家乡，一待就是两年。

如今，她一直惦记的那颗巧克力糖，终于出现了。

　　大盛豪情万丈地站在路边拥抱了程小柔，程小柔也深情地回应了她。虽然大盛的明天没有着落，但又觉得正是这种没着落才会有更美好的可能。程小柔几乎要使出所有的力气按捺住内心的暗潮涌动了。

　　第二天大盛走得太急，很多宿舍里的东西她都没来得及带走。她到了北京住到了大学校友的家里，师姐妹变成了合租客，大盛说除了房租有点儿贵，其他都好，就在三元桥附近，她还说怀疑石康也住过那儿，因为《晃晃悠悠》里好多情景她都觉得眼熟。程小柔每次接她电话基本就能猜到，又是让她给发快递，夏天的铺盖、冬天的棉衣，一包又一包的。大盛给了她曾经同住的同事的电话，程小柔约了时间过去收拾东西。程小柔之前也没见过这个姑娘，她倒是很热心，问了好几次要不要帮忙，程小柔都客气地回绝了，但那姑娘还迟迟不肯回自己的屋里。绕了好几圈终于开始打听大盛，程小柔照实说了，对方居然还想引导着让程小柔说一些大盛不该辞职、现在不如之前过得好之类的话，程小柔没继续接茬儿，客客气气地拎了两个大包跟她说了再见。

　　人和人之间真有意思，似乎大家都更擅长表达怜悯之情，却没有办法真正地为别人高兴。大盛这个女同事，为什么那么希望大盛过得不好呢，当初不就是他们在一起孤立了大盛，让她不得不辞职的吗！这种心态，就好像大家同在一条破船上，为了争抢一个位置不择手段，终于有个大盛，潇洒地跟大家说我跳下去，不争了，众人一下子就觉得没意思了。更要命的是，当他们发现大盛因为跳下了船而有机会上了一艘好一些的船时，全都急红了眼，天天祈祷，祈祷大盛出意外，任何意外都行，只要别比他们过得好就行。

然而，老天爷就是会眷顾那些善良的孩子。

大盛到北京半个月后，成功应聘了一家效益还不错的私企，还顺便转了行做人力资源，薪水比在之前的公司翻了一倍还要多。最意外的是，大盛在一次同学聚会上偶遇了传说中的李承坤，就是她的前前任。大盛说李承坤听完大盛又是辞职，又是改行，又是应聘成功之后，就迅速地满包厢里找酒喝，三下五除二地就把自己灌醉了，不省人事前向众人宣布：大盛是我的，一会儿她跟我走，你们谁都不许送她！

男人也是势利的吗？他们难道也想找个有钱的女人被包养吗？为什么大盛跟李承坤回老家的时候，他心意决绝地要分手？为什么大盛只身一人独闯北京之后，他又那么简单粗暴甚至厚颜无耻地求复合了呢？程小柔跟黎女士在某天吃饺子的时候偶然聊起了大盛，因为黎女士一直惦记着让大盛再过来吃饺子。程小柔简单介绍了大盛的近况，又跟老妈讨论了一下她心中的那个疑问，没想到黎女士说，你错了，那个男孩儿不是想让大盛挣多少钱养活他，而是觉得这个姑娘终于和自己匹配了，他终于再也不用看妈妈的脸色，帮女朋友说好话了。

对啊，对于承坤的妈妈那次矫揉造作地在病床上对大盛的挑三拣四和责难，程小柔还耿耿于怀，她对待已经不再是儿子女朋友的大盛还如此这般，当初李承坤在家里可能根本没脸跟老妈聊大盛吧，怪不得当初大盛一句李承坤的坏话都没说过，怪不得有那句"宁折十年阳寿"。也许，横亘在他们之间的真不是爱情本身。

大盛发过来跟李承坤一起去欢乐谷玩的照片，过山车上，她脑袋死死地靠在李承坤的怀里，脸都吓得扭曲了，可是看上去还是那么好看。程小柔给她回复消息的时候甚至都说，我从现在开始存钱，争取你俩结婚的时候拿出手的份子钱能吓你一跳。大盛说不急不急，他离毕业还有一年呢。

所有这一切，似乎都在预示着大盛已经守得云开见月明，痛苦的日子已经全都过去，往后的时光都是灿烂无比。

07

世事无常

可是，世事无常才是常。

大盛常把这话挂嘴边，因为她没事儿喜欢读读佛经。但这句话到底是什么意思，如果不是亲身经历，大概连她自己也没办法真的明白。

大盛去北京后的第一个国庆节，程小柔很想念她，决定去北京住几天和她厮混。几乎提前了一个月，她们俩每天晚上又是通电话又是聊QQ的，把七天的内容安排得满满的，得看戏看电影，得吃南门涮肉得吃爆肚，得去欢乐谷和动物园，不是看动物是买衣服，还有故宫和恭王府、八大处和颐和园，还有野长城……程小柔也给陆获打了电话，但陆获要去西安出差，她还是那种不屑一顾的语气，说北京有什么可玩的，国庆节全是人。

程小柔心想，幸好大盛还没事业有成，黎女士说的"匹配"看来不只适用于情侣之间，对于朋友之间也是一样的。她现在这样的情况只能跟暂时还没有成功的大盛姑娘匹配了。

临出发的那天晚上，程小柔靠着床头读《红楼梦》，心里正琢磨着为什么大盛一天没有动静。有时候就是这么邪性，想谁来谁，真是没早一分钟没晚一分钟的，大盛的电话就进来了。程小柔接起来就喊，大盛我真的是刚刚还在想你，你就给我打电话了！程小柔这么兴奋，可是对方完全没有回应，大盛用很轻很没有色彩的话跟她说，不能在北京等你了，今晚就得回家，因为妈妈病了，北京宿舍的钥匙在室友那里，有事电话联系。

程小柔有种不祥的预感，虽然大盛听上去那么冷静，但是连夜往家里赶，肯定不是小病小灾。程小柔关了灯躺着睡不着，她能听见隔壁卧室黎女士均匀的呼噜声。程小柔的鼻子一下子酸了，想想大盛，她此刻得揣着什么心情赶回家见妈妈，而自己日日待在家人身边，却不知道这就是最简单的幸福。

原本早早就开心计划好的假期，忽然变得沉重了。程小柔到北京后，按照大盛给的地址，很快找到了出租房。大盛的室友果然在家里等她，给了她钥匙准备出门。程小柔向她打听大盛的情况，室友说她回来的时候在电梯里见到的大盛，知道的信息也就仅限于她妈妈病了，得连夜回家。

程小柔一个人待在大盛的房间里，这屋子不大，也没有客厅，大盛显然是没来得及收拾任何东西就出门了，连她平日最喜欢的各种护肤品都七零八落地散在床头柜上。程小柔稍微帮她收拾了一下房间，又出去吃了顿饭，中途给大盛拨了几个电话都是已关机。

当初感觉七天都安排不下的吃喝玩乐项目，等到只剩了程小柔一个人的时候，删删减减的，白天几乎不知道该干些什么了。她自己去了一趟故宫，大概因为国庆节，感觉全国人民都来了，故宫从午门购票处就已经开始排起了巨长无比的队伍，旅游团一波又一波，放眼望去全是几块钱一顶的小帽子和与之颜色一样的三角旗。

程小柔被挤得全没了兴致，躲在一个稍微阴凉的地方给大盛打电话，对方还是没有开机。

至此，程小柔忽然有个念头冒出来，大盛也许再也不会出现了。

她坐在宫墙下边，仔细地回忆了一下，从她和大盛初识开始，没有中间人，没有工作交集，没有共同朋友，甚至都不说同样的方言，如果有一天程小柔忽然不见了，大盛想要找她至少还能去程小柔的家，可是大盛的家在哪里呢，那个据说在长白山下的小城市，程小柔都没有听说过。她跟大盛之间只有一个手机号码，如果这个号码再也打不通了，那么大盛，这一年多来和她关系最好的朋友，就消失了。程小柔想到这里感觉后背一阵冷风袭来，现代人的友情就是这样的吗，看似坚不可摧的，其实只是那十一个数字而已？她想起了妈妈总是提醒她的，小心坏人和骗子，可是大盛也并没有向她借钱，大盛还把自己在北京租的房子都借给她住了……想到这儿，程小柔赶紧使劲儿摇了摇头，让自己清醒一点儿别再胡思乱想。说一千道一万，还是因为记挂着杳无音信的大盛姑娘。

程小柔提前三天就回家了，大盛一直没有消息。爱浮想联翩的黎女士，这次倒没有添油加醋，她说大盛肯定是家里出事了。

大盛家里的事情真的不是小事。上班的第一天傍晚，大盛就给程小柔拨了电话，声音很轻，没等程小柔问，就说了情况。她说妈妈去世了，就在她拼命往回赶的途中，母女俩最终没能见上最后一面……

程小柔抱着电话，一下就哽咽了，虽然有点儿心理准备，但她没想到居然是生离死别。

大盛说自己离家太远，每年只回去一次，打电话的时候父母也总是报喜不报忧，她都不知道妈妈已经病了很久，最遗憾的是妈妈的病并不是什么严重到要命的，如果在医疗条件稍微好一点儿的地方，应该根本没事的，可世上哪有后悔药。

程小柔在电话里陪着大盛哭了半天，她说不然我请假去陪陪你吧，大盛说不用，李承坤一直都在，自己也还好，等下次放假会跟李承坤回家，更多的心事见面聊吧。

大盛在惊蛰前后谈了场恋爱，清明的时候这场爱情就住进了新坟；立夏那天，她被迫辞了职，转而北上；仲夏将至，工作和旧爱手牵着手找上了门。可这样的幸福，在秋天刚刚开始的时候，都抵不过母亲与世长辞带给她的痛苦。

程小柔一下子明白了大盛念叨的那句话：世事无常便是常。很长一段时间，程小柔每天睁开眼的第一件事就是发个消息问问大盛睡得如何，晚上睡前也要发个消息，随便再说点儿什么，探探蛛丝马迹，她害怕大盛会因此得抑郁症甚至自杀，但是还好，那个冬天风平浪静。

程小柔下班回家的路上，会经过一个大的市民广场，哪怕数九寒天，这里也会日日聚集很多热情跳着各式广场舞的大爷大妈。曲目间隙，他们会交流感受和技巧，滴水成冰的温度，他们拿毛巾擦着汗，远远看去氤氲着一团又一团热气。

这让程小柔有些伤感。大爷大妈们如此努力，还不是想让生命的进度条走得再慢一些，让轻松易逝的健康稍作停留。明日复明日，明日何其多，可是谁说得准明天一定属于你呢？

入职半年的大盛，工作很顺利，再没有出现嫌弃她情商低的中老年大叔。她工作之余，还去考了国家人力资源管理师。她打电话给程小柔，说趁着年假打算回来找她，程小柔也刚刚通过了研究生的初试，断断续续四五年，终于算是画了个句号。回忆起来有点儿动荡的一年，似乎是真的过去了。

北方的冬天，寒风凛冽。特别是裹着大衣、迎着北风走的时候，常常会觉得自己很壮烈。

大盛和程小柔站在过街天桥上，看着桥下川流不息的车，这是小城里最繁忙的一条马路，大家赶着回家，乱摁着喇叭、乱变换车道，原本就有些拥挤，没过一会儿就堵得水泄不通了。

大盛忽然说，程小柔如果你也离开这里，我好像以后就再也不会来了。可是这个城市我好熟悉啊。

程小柔不明白，往后怎么会不回婆家，大盛说，这次回来是跟李承坤分手的，收拾一下上次分手的时候还寄存在他家的东西。

都说人不可能在同一个坑里跌两次，肯定是因为有太多人跌过了，才总结出这个道理来提醒别人或者警醒自己别再跌第三次。大盛当初因为李承坤来到了这个城市，可李承坤因为要去北京和她分手了；两年之后他们在北京复合，现在李承坤说自己毕业还是得回家，但是你在北京发展得挺好的，所以，大盛，我们分手吧。

大盛说，这次没有什么难过或者不舍，重新在一起的这一年，就像是给他们彼此一个限定好的时间，大家把尚存的感情、还有余额的爱、说好了但没来得及做的事情，都一一完成并消耗殆尽。中途突发的大盛母亲的辞世，李承坤像真的女婿一样，陪大盛回家操办丧事，大盛妈妈活着的时候总念叨没见过李承坤，那几日里，他鞍前马后也算是告慰亡灵了。

三四级的北风略略作响，树枝上再没有一片树叶。马路两边的路灯有一盏要坏了，总是在闪烁。十字路口的警察叔叔因为拥堵渐渐变得暴躁，他用力地吹着哨子，发出单调刺耳的声音。

"我算不算骗了我妈？她肯定以为我就要结婚生子了，所以走的时候她是闭着眼睛的。"大盛悠悠地像是在问程小柔，又像是自言自语。

"如果我们努力生活，越来越幸福，就不算吧！"程小柔看着远方，虽然因为雾霾并不是那么清晰。

"对，我们都要重新开始。真的结束，就是重新开始。"大盛深深地吸了口气，一字一语认真说着。程小柔站在她身边，觉得自己有些渺小。如果说这一年像是老天爷端给大盛的一碗苦咖啡，那么浓度也太高了，她没有办法感同身受，甚至不敢换位思考，可是大盛姑娘，在寒冬里，迎着风喊出的依然是"重新开始"！

无论生离还是死别，我们想要忘记一个人，就要先把属于他的记忆都抹掉，从删了所有他的信息开始，接受这个人从此之后与我再无关系，然后新生活就开始了。

在这件事情上，践行得最好的是大盛的爸爸。

老爷子在大盛妈妈去世之后的第三个月，就跟一个经人介绍的阿姨领了结婚证。大盛说起这件事的时候，显然比自己失恋更难过。她曾经在二十多年里，一直羡慕着父母的爱情，她还偷偷看过那一百封往来的情书，虽然算不上文采飞扬，但措辞克制、严谨，充满了思念和爱。大盛的妈妈保存了那么多年，把它们放在一个小的樟木箱子里，藏在衣柜的最里面，直到离世。大盛的爸爸难过了一阵子，把她妈妈的衣服都收拾好处理了，露出那个小箱子，他仅仅是把它挪了个地方，塞进了床底下，就领着新的阿姨回家生活了。

大盛跟程小柔说，最好的爱情也抵不过时光的冲刷，最后不过都是收拾收拾，该扔的扔，该藏的藏罢了。

你说世间最美的情话是什么？

其实不是"我爱你"也不是"我娶你"，是"你放心"。

如果有一个好情人，费心巴力地把他变成了老公，是会有点儿觉得可惜的。程小柔又一次准备去上海的时候，觉得她的上海就是那个要被变成老公的情人，再说可惜，就矫情了。念念不忘的回响，还是喜悦的。

程小柔最喜欢的一个剧作家是契诃夫。契诃夫有一个剧本叫《三姐妹》，程小柔再次回到上海之前的那段日子，每读这个剧本都觉得是在读自己的内心，契诃夫写出了她所有的痛苦、欲望和不甘。莫斯科，三姐妹心中的所有希望都是莫斯科，只要回到莫斯科她们就能结束一切当下的糟糕。可是，莫斯科却永远只能在她们的梦里……美国人特别不理解，他们看这个戏的时候觉得很无聊，难道莫斯科很远吗？买张机票不就回去了吗？

三姐妹的莫斯科，程小柔的上海，大盛的北京，都不是一个地方，而是她们对好生活的渴望。还好，程小柔和大盛是幸运的，她们终于抵达了。

大盛回到北京之后的第二年秋天，程小柔也成功地揣着研究生的录取通知书，重回上海了。

有一个晴天，程小柔走在武康路上，觉得自己要被烤化了。于是她抬头看看太阳，顺便也看到了大朵大朵的云彩。它们精神饱满地在天上挂着，像棉花糖，太阳在它们后面努力地参与着，一会儿露出来，一会儿藏起来。程小柔有点儿担心，这大朵的棉花糖会不会被晒得化掉，她也有点儿感慨，小时候喜欢看云彩，因为云彩一会儿变成大象，一会儿变成风车，可如今呢，云彩只是云彩了，连棉花糖都是她想了半天的。这应该就是成长吧。

只有时间会呼啸而过。比如某天早上醒来，路过镜子，睡眼惺忪地以为屋子里多了一个别人，定神想了想才意识到，原来是自己，再仔细看看，镜子里的那个我已经和记忆中的我，有点儿距离。你怜惜地从头到尾更新印象，好像有了眼袋，也有了一点点法令纹，醒过神儿的一瞬间就赶紧催促自己离开镜子，恐怕那张曾经被胶原蛋白充盈的脸，会丢掉它在脑海里仅存的一席之地。

　　回到快节奏的生活中后，程小柔偶尔会在某个莫名其妙的时间，担心她和大盛的友谊会不会经不起时间和距离的考验。每次因为这个打去电话要讨论一番时，往往都会因为某一个牌子的面霜和某一个色号的口红而岔开话题，越聊越远，最后再也想不起打电话的初衷。

08

算命的先生和挪威的森林

至此，程小柔和大盛终于过上了在异乡漂泊的生活，虽然贫穷，但她们心向往之已久。

在大盛的每一个新年计划里，都会有一条是把自己嫁出去，年年置顶。但是这么多年过去了，后面所有的计划都实现被划掉了，只有这一条的地位从未被撼动。大盛保持着绝对意义上的单身状态，连暧昧对象都没有了。

2011年的圣诞节前，程小柔正好去北京参加某公司的年会，住在大盛家里，一天晚上大盛神神秘秘地问她要不要陪着自己去找个算命先生，还解释说自己其实也不信的，不过同事都说算得准……还没等她说完，程小柔像捣蒜一样地点头："去去去，明天就去！明天我什么也不干了，陪着你去，好好让算命的给算算，看看姻缘到底在哪里！"大盛看着程小柔积极地劲头，感动得发出豪言壮语："看在你这么替我操心的分儿上，我向你保证，今生绝不负你！"程小柔自然是回个三百六十度的白眼给她表示我不稀罕！

第二天一早，两人吃了早饭又买了杯咖啡，按照大盛同事给的地址出发了。算命先生好像住在北京近郊的一座山里面，当时电子地图还没像现在这样普及，她俩坐了无数站地铁，又换了公交，下车之后拿着一张小字条按照上面写的地址打听。大盛说这幸亏是在北京郊区，且不说遇见的大爷大妈全都是热心肠的，虽然老眼昏花看不清楚字迹，有好些个认认真真给指反了方向，但至少大家说的话都能听明白，这如果是在上海郊区，光是阿妈和爷叔的方言就得让她俩早早放弃了。地方又远又难找，她俩生生地从艳阳高照走到了华灯初上，穿过一个村子又走几里田园，再进一个村子，打听一下，还得往前。起初她俩还感叹惊呼自然风光如此美丽，后来累得连叹气的力气都没有了。

眼瞅着都要爬山的时候，终于又出现了一个小村庄，程小柔赶紧问了一圈正在瞎跑疯玩的孩子，给他们念了念小字条上的地址，问是不是这个村子。孩子们都摇头说不是这儿，还得往前！大盛瞬间就一屁股坐在了地上："不找了，回去！老娘宁愿不嫁了也不想再走了。"程小柔死拉硬拽地不让她坐："我还没有抱怨呢。"大盛被扯着一只胳膊，委屈地说："又不是去找对象，找个算命的咱们费这么大劲儿到底干啥！"程小柔继续哄她："找算命的不就是为了找对象吗？"

程小柔和大盛拉扯得不可开交的时候，一个大爷凑了上来，问："是不是去找瞎子？"大盛一时也没反应过来，大爷又追了一句说，"听你们说要算命不是？"程小柔说："对啊大爷，是您吗？"大爷也逗，回了一句说"我又不瞎"。他说瞎子住上面，再往上走个十分钟就到了。还叮嘱，回去可以和其他人拼车，否则就得在这附近找小旅店，俩姑娘家家的不安全。大盛连忙道了谢，自己也不好意思再耍赖，重整旗鼓跟着程小柔继续开跋。

真的也就走了十分钟，立即就看见了一个门庭若市的小破屋子，有七八个人聚在门口，一脸愁容的、喜笑颜开的都有。屋子里亮着灯，但很昏暗，小院子里高悬的电灯泡被映衬得十分耀眼。大盛刚走过去，就有热心肠的大妈迎上来问是不是找瞎子先生的，要问什么啊？姻缘吗？可准了！……语速之快让大盛和程小柔都找不到回答的空间。大妈一边问一边把她俩往里面引，刚才还聚集在一起的各位，旋即就分立两排，目送两人进屋。程小柔小声跟大盛嘀咕，觉得有点儿进了黑店的意思，大盛也点头。

正疑惑着，就听见里面传来中气十足的一声京味吆喝："外面的朋友，请进呀！"程小柔愣了，她扯着大盛的手腕子说："这种吆喝，跟这儿出现，对吗？"

真见到了倒也没什么异样，算命先生看着就是个普通的爷爷，眼睛看不见而已，也没有像电视剧里演的那样戴着墨镜。他坐在一把竹藤椅上，旁边还站着几个刚算完的卦友。

老人家特热情，招呼她俩说谁要问啊，问点儿什么呢？大盛忙说是我问，问问姻缘。老人家就例行问她要了八字，又让她用铜钱打了卦，过了几分钟老人家就说，姻缘有的，但在南方，而且比较坎坷，还得再等等。大盛就感叹说还等啊，我已经快三十了，再等我都要更年期了。大爷说那也没办法，关键是你这名儿起得不好，太阳刚，男人缘太薄了。要不然给你改个名儿吧……程小柔意味深长地看了大盛一眼，大盛尴尬地婉言谢绝了。老人家起先也没坚持，就继续叮嘱说你最好不要在北方待着，得去暖和的地方，北方全是烂桃花，耗费你的气力，不过要是改个名字的话可能会好一些，这个名字……

大盛一个劲儿地撇嘴看程小柔，算命先生看不见大盛的表情，否则肯定不愿再说下去了，程小柔怕大盛脱口而出说点儿什么，忙打圆场问大爷："不改名字去南方也行，对吧？"大爷掐指算了算，勉强地点了点头，说："总归还是改一个比较好，我好好想想啊，别急。"大盛终于忍不住，夸张地看了一下手表，说："哎呀，今儿真的是太晚了，再不回去该没有车了，要不然改日再来。"

老爷子大概感觉到了大盛的质疑，很爽快地说那就算了吧，还很热情地喊了一个人的名字，然后进来一个四十岁左右的男人。老先生说你正好回城，把这两个小姑娘带回去，否则她们不好走了，一定安全带回去，哪怕不送到家，送到交通方便的地方也好。那个中年男人特别尊敬地回答说先生放心，一定办好。大盛道了谢，又按照规矩把提前准备好的红包放在八仙桌上，和程小柔一起跟着中年男人出了门，老先生起身送到了屋门口，众人都喊着老爷子留步吧。

在小院子里，刚才站在门口熙熙攘攘的大家彼此告了别，三三两两地各自上了车，原本热热闹闹的小院子忽然就冷清了。倒是相继发动的汽车和打开的大灯，让整条山路忽然显得有些车水马龙。一条车队，在一簇灯火一簇树林的山间缓缓前行，很快地，这个山脚下的小村落就回复了夜晚的宁静。

往回走的路也许是有了明确的方向，所以并不显得像来时那么漫长。途中，中年男人主动介绍起了这个算命老先生，说自己是做生意的，三年前亏得一塌糊涂，原本都想着要去死了，结果被人介绍到这里来，算命老先生给他打了一卦。老先生说他已经触底，接下来的日子就要红运当头，还说了他会干什么行当，会有怎样的人生设定，当时他还半信半疑，只不过暂时打消了寻死的念头。可没想到自打回去之后，还真的是所有的事情都排着队地解决了，被人欠的死账莫名其妙地结清了，已经翻脸的合作方居然拿着合同又找上门来。连总跟他吵架的妻子，都对他无限温柔了。大哥说这些的时候，一手握着方向盘，话语间透着心满意足。

程小柔心想，这大哥命真好，别的先不说，在关键时刻能听到被鼓励的几句好话，简直堪比灵丹妙药。如果大盛今儿听到的也是这样的好话该多好，那么她现在就不会无精打采地直接睡倒在车上，睡得打起了呼噜，搞得程小柔跟中年大哥都有些尴尬。

原本说好的送到地铁站就行了，因为大盛实在睡得太香甜，大哥说："送你们到家吧，虽然不顺路，但开车也就是一脚油门的事儿。"程小柔连连道谢，并且跟大哥解释，说："我这好闺蜜应该是被老先生给打击到了，所以才会像霜打的茄子。"大哥说："理解理解，换成是我，那天要是没听到好话，肯定直接就从山上跳下去了，哪还有今天？所以算命准不准其实不重要，重要的是得到鼓励，从绝望中寻找希望，人生终将辉煌！"程小柔一愣："大哥，您也考过研？"大哥在后视镜里看了一眼程小柔说："那倒没有，但我爱看《赢在中国》。"程小柔看着大哥边说边握起的拳头，下意识地给他鼓了鼓掌，这一碗励志鸡汤喝得猝不及防。

车刚开到小区的时候，大盛很配合地自己就醒了，睡眼蒙眬地判断了一下说："这咋不像地铁站呢？"大哥一听就乐了，开玩笑说："姑娘这是当官儿的命啊，上车就睡觉，到地方自然醒，我还要不要给你俩送到楼下啊？"旁边正好有门卫在敲窗户，嫌他停在小区入口碍了事儿，程小柔跟大盛也来不及多说谢谢，麻溜儿地开门下了车，中年大哥摇开窗户挥了挥手，一脚油门很快就消失在喧闹的城市里。

　　进屋之后，两人一个扑到床上一个歪进沙发，虽然又冷又饿，但谁都没有下厨房的意思。程小柔准备叫外卖，然后就发现手机丢了。两人瞬间精神，仔细回忆了一下，应该是丢在刚才那大哥的车上了。大盛拨了号码，响了没两声对方就接了。那个大哥特别好，发现手机之后直接就在小区门口等她们。

　　大盛和程小柔赶紧套上大衣跑下去，正巧赶上大哥因为违章停车被巡逻的交警开罚单，程小柔跑过去的时候，大哥正在赔着笑脸试图给警察递烟，被人家无情地拒绝了。程小柔和大盛就凑上去，连珠炮一样地替大哥解释，连"大哥是新时代的雷锋"这种话都说了，无奈碰上的警察也是个刚正不阿的，油米不进。最后大哥都开始替警察劝两个小姑娘，就交了罚款放警察走吧，不要再说了。场面一度分不清敌我阵营。

　　作为答谢，程小柔盛情邀请大哥一起吃个晚饭。临近圣诞节的首都，虽然已经将近十点了，但路上依旧人来人往，只不过温度较之白天实在是降得厉害，所有行人都缩着脖子、紧裹着冬衣。他们三个热气腾腾地涮了一顿羊肉，席间两人静静听着大哥分享着自己的创业经验，是个一波三折的逆袭故事，他们还一起喝了一瓶小二，简直就是北漂中青年的标配。三人都十分愉快，大盛终于走出了算命先生带来的阴霾，重新变得活力四射起来，滔滔不绝地给大家讲了自己从小到大见过的所有封建迷信，什么突发婚外情找跳大神的把小三跳走之类，眉飞色舞地讲述得十分精彩，把程小柔逗得前仰后合，那位大哥也乐得找不出形容词赞美大盛，只能不停给她鼓掌。最后大哥悄悄地结了账，给程小柔和大盛留下了非常好的印象。

无论多么混乱和辛苦，那一天对于程小柔和大盛来说，注定都是难忘的。程小柔的手机之所以能被大哥发现，是因为从她下车开始，电话一直在响。程小柔拿回手机，回拨过去，是学校国交部的老师，通知她通过了挪威国际交换生的申请。程小柔很开心，她因为喜欢村上春树才关注了挪威，所以超级期待这趟为期半年的游学。

她回到上海之后，立即办签证，又订了正月十六的机票。她发消息给同样喜欢村上的大盛说："姑娘啊，我要去挪威看森林啦！"

大盛比她还要开心地说："你去了一定要弄明白，为什么《挪威的森林》和挪威一点儿关系都没有呀！"

09

五十岁的口红，
七十岁的丝袜

程小柔飞去挪威的时候还差三个月二十九岁，又是一个生机盎然的春天，除了要与终丁等到的爱情分隔两地，其他都特别好。

她考大学那会儿，八〇后刚流行起第一波出国热，但选择出国的多数都是高考失败同时家里还有点儿钱的孩子。程小柔两个条件均不符合，又天生一颗浪浪的心，当时还是有些小小羡慕的。后来她屡次考研不中，也有很多师友出主意说有这工夫还不如申请一个国外的学校，去了仨月外语肯定过关了，干吗在这儿窝着背单词呢。程小柔也不是没动过心，打听了一下费用便没那么积极了，毕竟已经工作了，再反过手来问爹妈要钱读书，总觉得有点儿太难为临近退休的父母。所以说，考上国内的研究生，再公派出国交流一下，是程小柔计划里最完美的一种。不知不觉地，竟然实现了。一路追着太阳往大西洋飞的时候，她被满足充盈着。

落地之后，她发了三个消息报平安，一个给老程同志，一个给方先生，一个给大盛。三个人里只有大盛热情地回复了她，并且表达了即将半年不见的思念之情。老程同志肯定被黎女士吓唬说发国际短信很贵很贵，所以收到短信之后他给程小柔响了一下手机立即又挂掉了，这样就表示收到了，程小柔看着手机乐了半天。最不上路的是方先生，居然只回了一个"OK"，要不是国际通讯真的不便宜，程小柔是绝对不能放过他的。

挪威拥有很多美丽的自然风光，最让人震撼的是峡湾，被冷峻的高山切开的大海，颜色是浓得化不开的蔚蓝，程小柔第一眼看的时候，觉得大自然的魅力都要让她窒息了。

程小柔去了没多久便跟当地的留学生混得很熟悉，她去的城市卑尔根，虽然是挪威第二大城市，但依然地广人稀。休息日是真正的全民休息，连个开门的超市都没有，更别说商场，如果周五没有囤饭菜，周末只能挨家去敲门要饭吃，否则得饿死。所以，当地常住的中国人自发组织了联谊会，一来给初来乍到的同胞提供帮助，二来大家聚在一起相互打发闲散时光。

程小柔一到周末就跟着他们出海钓鱼、爬山露营，她从认识大家的第一天就打听，谁知道这里的森林在哪儿，我想去挪威的森林。去挪威留学的多数都是理工科的高才生，大概这个问题被提出来的次数太多了，所以人家一听就笑了，说："你是不是也因为看了那部小说，不大相信挪威的森林跟挪威没关系，所以要去看森林？"程小柔一副遇见知音的模样，说："不是说那首歌词的意境是作家正想追求的，所以就借了歌名吗？就算是这样，那这里的森林还是不一样的。"

几个同学就腾出手来，拉开宿舍的窗帘，指了指挨着宿舍楼的这座山，说这里就是挪威的森林，你稍微往里面走走，用不了三个小时，就是深山老林了，住着各种动物，随便一棵树都是上百年的。你进去试试，看看有没有书里写的那种感觉。程小柔说森林不应该都是没有人烟的地方吗？同学们说，这山里是没有人烟的，从这里开始，山后面还是山，一座连一座，我们都不知道山的那边是什么。

关于那首歌带来的，以至于最后弥漫在整部小说里的荒芜、孤独和迷失感，程小柔在挪威生活了两个月之后，就无可抵抗地全部感受到了。她似乎明白了，挪威的森林跟挪威没有关系，跟森林关系也不大，是喧闹中忽然有个真空的世界，天和地、人和物，连风景、连食物都是清澈到冰冷的，它是一面镜子，对比着喧闹的生活。如同某一天，她恰好化了妆，不经意地走到卑尔根的渔港，站在码头上低头看了一眼，见到了映在深蓝色的海里的脸，所有的艳丽在冷暗而宁静的海水里尤为清晰，为何而美丽这种问题一下就扎进了心底。

怪不得所有的挪威人从小就会从政府那里领到免费的深海鱼油，似乎是要补充什么微量元素用来抵抗抑郁。没有污染、没有竞争、没有压力的生活背面，就是这种极度的冷凝，以至于无聊到要发疯。程小柔觉得，这种日子，尝试过就好了，一直待下去她是坚决无法接受的，她还是喜欢热闹。

安静的环境，更加为程小柔创造了良好的学习氛围。中国人原本就能吃苦而且努力，只看分数的话，很容易就会在国外变成学霸。程小柔在读书这方面，顶多算是一个不偷懒的学生，没想到在挪威，她度过了三个月辛苦的语言关之后，居然成了班上最努力的学生之一。各种阶段性的测试她都会精心准备，比如特意提前两天不安排任何外出活动，可同班的挪威同学完全就不一样，人家是无论有什么样的考试都不能影响正常的生活，绝不会因为明天考试，今天放学就不去打工；也不会因为下个月测试，就放弃这个月的出行计划。

起初程小柔完全不理解这种学习态度，后来冷静下来想了想，她好像明白为了成绩而读书和为了能力而读书的区别。在意成绩，就是在意公共评判，在意别人的看法；可是有没有能力更好地生活，却是只有自己才能明白和衡量的。分数不是生活的全部，学习也不是，所以人家才会把打工和旅行看得与坐在教室里一样重要。

程小柔想明白这件事之后一下子就释然了，虽然复活节假期回来就跟着一次小考，但她还是潇洒地订了去巴黎的机票，不管怎么说，拿着申根国的签证怎么能不游遍欧洲呢，毕竟快三十岁时的留学，行万里路要比读万卷书更有意义一些。

如果真的有一见钟情这件事，那么程小柔应该是把这个机会奉献给了巴黎。那天，程小柔坐最早的航班从奥斯陆飞巴黎。机舱里传出优雅的广播，通知大家系好安全带，飞机将在半小时之后降落戴高乐机场。随着飞机高度的下降，程小柔透过舷窗望出去，看到低空里铺满了一簇簇小小的云朵，调皮可爱，映着蓝色的天，就像是水池里的鹅卵石。在这些小鹅卵石的缝隙里，她看到了这个传说中最浪漫的城，那一刻，还未真正遇见，便开始深深地思念。

出国之前，程小柔学习之余，在一家儿童培训机构做兼职。公司的创始人之一，就曾经在巴黎留学。这个叫梅郝的姐姐和她的合作伙伴陈灿，是程小柔三十岁之后，非常重要的两个闺蜜，关于她们的故事，要留着到后面细细讲。

程小柔之所以把来欧洲之后的第一个假期放在巴黎，跟梅郝有很大的关系。梅郝很忙，平日很少能见面，她听说程小柔要去欧洲住半年，特意给她留了一张手写字条：女人的一生里，一定要去一次巴黎，不为美景只为美人！C'est La Vie（这就是生活）。

于是，程小柔特意选了一天，什么也不做，就在左岸换了一家又一家咖啡馆，看来来往往的巴黎女人。

初春里，塞纳河边略显春寒料峭，即便要围一条厚围巾，法国人还是喜欢坐在室外的，他们背靠咖啡馆的玻璃，面朝弯曲的大街小巷，一张铺着格子桌布的小圆桌，上面摆着一只放了咖啡渣的烟灰缸，喝咖啡的男人拿着一本小书，靠在椅背上读着。女人们则用两只细长的手指夹着同样细长的香烟，指甲上的颜色把白色的香烟映衬得晶莹剔透。她们戴着墨镜，夹着香烟的胳膊支在桌子上，另一只手时不时地碰一下杯子，或是用食指绕着杯沿，或是用拇指抚着杯耳。她们的腿一定是用最好看的方式搭在一起的，目光所及之处，总是只能看到她想让你看到的，比如服帖又精致的丝袜、细高跟上的脚踝、看不到骨骼但却修长无比的小腿……程小柔拿出她夹在钱包里的字条，看着梅郝的字，学着法国人的样子微笑着自语道：C'est La Vie！

程小柔最喜欢巴黎的甜品，样子精致好看，味道香甜却不腻，每一口都会让人感觉到满足和幸福。巴黎的女人对这些琳琅满目的小糕点偏爱有加，无论什么年纪。

她邻桌的两个老太太就是这样的。一人一杯黑咖啡，杯碟上放着两块方糖，还有一只银色的小勺子，奶壶里的牛奶没有动过。穿裤子的老太太点了两个马卡龙，一个粉红色，一个粉蓝色；穿裙子的老太太点了一份泡芙，这泡芙远看过去，就是一个张开嘴又衔了一口白奶油的小胖球，上面还淋了巧克力酱，褐色的巧克力酱正在浓重地、用力地往盘子上滑着。两个老太太很开心，言语轻柔，说说笑笑。染着樱桃色指甲油的奶奶捏着粉红色的马卡龙，食指套着一个银色的宽指环，和手上的皱纹显得相得益彰。吃着泡芙的奶奶颤颤巍巍地使用着玫瑰金色的小叉子，手腕上系着一条花色的丝巾，将她大领口的黑裙子衬得十分高贵。都说脖子最藏不住年龄，多少中国女人着急忙慌地穿上了高领衫，可是在巴黎，纵然温度还不到二十摄氏度，自信的女人依然愿意露出她的锁骨。

在这之前，程小柔有点儿惧怕三十岁，她怕走进俗套的剧情，得到三十岁的馈赠，比如肚子上的肉肉、眼角上的细纹等这些惯常的标签。其实，美有很多层含义，就像爱一样。可是当女人并不明白终身美丽的真正意义时，自然会担心青春的流逝。

那日，程小柔整天都耗在不同的咖啡馆里，跟不同年龄段的巴黎女人同桌共饮，她看到了五十岁的阿姨画了亚光的红唇，看到七十岁的奶奶穿着黑丝袜拄着拐杖，银色的短发一丝不乱地梳在脑后。她们的美丽不像青春那样扑面而来，也没有使用一切办法死抓光阴不放的杂乱无章，就是丰富但不复杂，高级但不刻意。程小柔之前跟大盛讨论过，关于一定不要徒劳，要拥有每个年龄段的独特气质这种话题。但是此刻豁然开朗，还是得感谢这无所事事的一天。

离她不远处，有一桌坐着一个戴墨镜的亚洲男士，身穿一件素色的薄毛衫，从程小柔坐定开始，这位亚洲男士就时不时地会看向她。起初程小柔装作不知道，想着也许因为同是亚洲面孔所以才引来关注。可总被一个人关注着，而且对方还是个异性，时间久了总会有点儿惴惴不安，程小柔索性抬起眼皮向那边看了过去，没承想那位先生愣了一秒钟之后直接摘下墨镜向她走了过来。"程小柔？"对方直接喊出了她的名字，程小柔一边扶着椅背要起身，一边展露着完全不认识但快速搜索记忆信息的尴尬笑容。"我是宁远！你还记得我吗？陆荻的同学。"对方热情地提醒着她，并且充满了期待。

她怎么可能不记得宁远，在宁远拍着自己的胸脯微笑提醒她的时候，程小柔就认出他来了。宁远几乎没有变化，程小柔不敢相信自己的眼睛，怎么会在异国他乡遇见曾经喜欢过的男孩儿！

宁远很热情，程小柔也很开心，两人寒暄了一阵。宁远毕业之后选择在巴黎工作，一直都没有回国。程小柔说起自己特意跑来度假，让宁远好生羡慕她还能做学生。

得知程小柔并没有什么具体安排之后，宁远执意要请她吃饭，虽然有些不好意思，但他乡遇故知，而且是六年没见的朋友，倒是值得一起共进晚餐的。但程小柔觉得一见面就让人家请客不太合适，毕竟今后再见面的机会还不知道在哪里，就这样欠了一份人情好像有点儿不甘心似的，于是提议AA制。宁远一脸愤怒地说："好歹咱是山东老爷们儿，请姑娘吃个饭还要一人一半，没有这个道理。"程小柔赶紧赔笑打圆场说："我不是想着入乡随俗嘛，你瞪什么眼呢。"宁远顺势下了台阶，嘻嘻哈哈地说："你放心吧，我又没说请你吃法国大餐，不必有心理负担的。简餐，简餐而已。"

宁远选了一个离咖啡馆不太远的小馆子，里面位子排得满满当当的，人也几乎都坐满了。宁远进去跟老板说了几句，程小柔就站在落地玻璃窗前等他，其间老板还顺着宁远手指的方向看到了程小柔。一个银白色头发的帅大叔，暖暖地微笑着跟她打了招呼，程小柔微微点头回应了他。很快，宁远推开门站在程小柔身边，说老板答应给我们尽快安排一个好一点儿的位置。程小柔问他："你跟老板认识？"宁远摇摇头："不，之前听朋友推荐过这家店而已。"程小柔就顺手拉了旁边的椅子，坐下来慢慢等，宁远站在她身边，点了一支烟。程小柔一下子想起了那天晚上，陆荻抽烟、宁远拿菜单赶烟雾的样子，不由得笑了起来。"笑什么？"宁远问程小柔。程小柔抿着嘴摇摇头，把手抄进风衣口袋里，紧紧靠在椅背上，又使劲儿地伸了伸腿，说："没什么。"她侧脸看出去，发现对岸埃菲尔铁塔上的灯全都亮了，特别耀眼。程小柔舒舒服服地伸着懒腰，宁远在一边认真地看着她。"你冷吗？把我的围巾戴上。"宁远递过还有温度的素色围巾。"不用。我一点儿也不冷，再说一会儿就进去了。"程小柔坐正了身子礼貌地将他的手推了回去。

老板适时地推开了门招呼他们，说位子已经收拾好了，就在窗边，可以看到铁塔，并且一定要宁远翻译给程小柔听，问程小柔是否满意。程小柔十分感激地说当然啦，谢谢您！

说是简餐，但内容十分丰富，一份沙拉、一份蜗牛、一份小羊排、一份黑松露意面、两份奶油蘑菇汤，程小柔一直在喊吃不掉的，已经戒晚饭很久了。宁远说只是点了让你尝尝味道，有男人在，不会浪费。味道果然跟程小柔前几天去的那种被宣传过的餐厅大不一样。宁远说这里相当于咱家的那种苍蝇馆子，门面不起眼但味道很好，一般不是在本地生活过很多年的人也不会找到。程小柔吃得开心，虽然只是每一样都尝了点儿。宁远又坚持给她点了一只覆盆子挞，程小柔起先还想抵抗一下，结果白钢的小勺子把淋着覆盆子酱的硬挞皮送进她嘴里的时候，她的舌头和口腔里所有的味蕾全部缴械投降，发出统一的请求：吃完它吧！要不是嫌弃自己啰唆，程小柔肯定会再感慨一遍巴黎的甜点真是无敌了！

那天晚上，宁远坚持要送程小柔回酒店，巴黎治安一般，再加上还能顺便给她介绍沿途风光，程小柔欣然接受。两人在春风沉醉的晚上，忽然想起还有一个重要的话题没有提到。

"陆荻挺好的，她现在在北京工作。"程小柔觉得一对曾经的恋人，多年未见，肯定特别想知道对方的消息。

"我知道啊。"宁远的回答很随意，毫无半点儿想知道又不好意思的感觉。程小柔略觉奇怪，就多问了一句："你们一直有联系？"宁远点点头，他每次回国过年都会参加同学聚会，陆荻那么喜欢热闹的人，怎么会少了她。程小柔心想，陆荻就是有这种本事，把所有的前男友都变成了好朋友，从来没听说过跟哪一个因为分手反目成仇的。这个话题如此快地被聊死了，导致两个人只能装作看夜色和美景，一时不知道再说点儿什么。

"对了，你快过生日了吧？"他们路过一家甜品店的时候，宁远看着橱窗里的蛋糕，停下来问她。程小柔愣了一下，她迅速想了想日期，距离她的生日还有差不多一个月，刚想回答，但又意识到宁远怎么会知道她的生日。"我记得好像是五月九日，我放春假回国，那时候还没有申请到喜欢的大学，所以待了好长一段时间。"程小柔有点儿惊讶，虽然她曾经很喜欢这个男孩儿，可是也仅限于知道他的名字，但他却知道她的生日，六年没见面，他还能记得。程小柔的思绪有点儿乱，她点头应付着宁远，就见他转身进了蛋糕房，跟正在收拾桌椅准备打烊的老板娘说了几句，老板娘微笑着停下手里的活，开了橱窗，把一个铺满了大樱桃的小蛋糕拿了出来。程小柔站在玻璃门外面，看着宁远跟老板娘一起，小心地把蛋糕装进盒子，又拿牛皮纸袋子放了刀叉、生日蜡烛、纸巾，他掏出皮夹子付了欧元，又把皮夹子塞回牛仔裤里，把纸袋子夹在腋下，一手端着蛋糕，一手推开了玻璃门，微笑着向她走来。

"你是不是喜欢过我？"

程小柔还有一个月三十岁，她从来没有像现在这样勇敢直接过。所以说出这句话的时候，她自己也被吓了一跳。她习惯了把所有的想法都藏在自己心里，很少表达，这样的话即便错了也没人知道。她从小到大没有什么特别想要的东西，所有的欲望她都自行处理了，只要不说出来就不会被拒绝。因为没说过想要，所以也从来没有过得不到。

她那些年羡慕陆荻并且跟随她，就是因为陆荻敢说敢要，她模仿过陆荻，高考选择学艺术的那次，也是唯一一次。后来她再想要什么，都是自己暗暗地努力，得到了最好，没有的话也没人知道。比如，喜欢宁远。

但是此刻她特别想知道答案。她很怀疑自己的第六感，她见过太多女生自我感觉良好，以为全世界的男人都喜欢自己，别人给你拧开一瓶矿泉水都会误认为那是表达爱慕。程小柔怕自己也出现这样的判断偏差。

宁远被这种突如其来的问题弄得措手不及。他拿着蛋糕看着程小柔，看了好一会儿，程小柔也盯着他，没有算了的意思。然后，宁远低头笑了一下，脸一下子就红了，他说："我现在也很喜欢你，所以你愿不愿意给我个机会？"

程小柔有点儿蒙，她没有做好应对这种情况的准备，愣在那里半张着嘴，不知道该说些什么。宁远继续问她："怎么不回答我？你问我的时候没想好答案吗？"程小柔下意识地摇头，她否定的不是没想好自己的答案，她是没想到宁远给她的答案。宁远的眼光很炙热，程小柔不能忽略自己的怦然心动，她做了个深呼吸，用手捂住了自己脸。宁远把蛋糕放在旁边的窗檐上，温柔地用双手拉开程小柔的手，程小柔有点儿缺氧地再次面对宁远。"你不想给我个答案吗？"程小柔觉得不能再近了，宁远问她的时候，她甚至已经感觉到了宁远的气息。她抽回自己的手，往后退了一步，很尴尬、也有些遗憾地说："我有男朋友，很稳定的，会结婚的那种。"

程小柔看到了宁远的失望，还有掩饰失望的微笑。她猜宁远心里肯定在说：你有男朋友为什么还要问我？

"我问你，是因为我第一次见你的时候就很喜欢你，我以为那时候你也喜欢我，可没想到你跟陆荻在一起了，还陪她来参加我的生日聚会。我当时特别难过，因为自作多情。可是我这次见你，你还是给我一种……你明白吗？所以我才问你。"

程小柔把自己的心里话和盘托出，她觉得轻松了很多，如果宁远就是爱撩人的男人，那么这样的对话基本就可以结束当下的暧昧了。但是宁远听完明显露出了不可思议的表情："谁说我跟陆荻在一起了？我上初中的时候追求过她，但她没同意，自那以后我们仅仅是同学，连好朋友都算不上。"

这种发现和突转，生生把一个感情戏给整成了悬疑剧。程小柔和宁远顾不上暧昧，开始核对各自残存在记忆里的信息。宁远说当时去参加生日宴，是他求了陆荻好半天，陆荻才答应带他去的，向日葵也是他问了陆荻程小柔喜欢什么花之后买的，陆荻还嘲笑他追求女孩子的套路陈旧。所以说陆荻是知道宁远喜欢程小柔的，并且还给宁远打了包票会帮助他。程小柔回忆了一下，说那天晚上你们进门的时候，明明看到陆荻挽着你的手臂进来的。宁远解释说陆荻在学校的时候就跟个男孩子一样，偶尔几个人并排着走，她会挽着两边的男生，大家都习惯了。虽然当时进去的时候觉得不太舒服，但是也不好把她的手甩开。

宁远一直被蒙在鼓里，那天晚上程小柔对他爱搭不理，他有点儿泄气。后来，陆荻还跟他讲过程小柔大学时跟夏天的爱情，宁远听完，觉得夏天又帅又暖，怪不得程小柔看不上自己。

程小柔听完这个故事，她倒是没有很遗憾当初错过了宁远。因为年轻时候的爱情多数都没有结果，比起草草收场，把彼此都美好地封存在记忆里的方式更让人欣慰。

两人聊完之后，都释然了。宁远送程小柔到旅店楼下，程小柔收下了那个铺满红樱桃的蛋糕，他们热情地拥抱了彼此，宁远轻轻地吻了程小柔的额头，说道："这是补给二十四岁的程小柔的生日礼物。希望那时的你会喜欢。"

转身告别的那一刻，程小柔忽然间热泪盈眶，她怕宁远看到会误会什么，加紧了脚步，穿过马路头也不回地开了旅店的大木门，一口气跑到二楼进了房间，才又站到窗户前面看了看楼下。宁远还在对面站着，抬头张望，刚好看见程小柔。他使劲儿地摇着手臂，笑得一如六年之前，阳光灿烂。程小柔也摆手回应着他，目送宁远转身离开。

这种感受说起来有点儿复杂，程小柔再次遇见宁远，并没有让她动摇和方先生的感情，宁远很绅士，了解了她的感情状况之后发自内心地祝福了她。说明此刻两人的感觉都是一样的，他们之间最应该发生爱情的契机已经过去了，现在更多的是对青春的留恋。

真正让程小柔过不去的是陆获。她清晰地记得，陆获是多么花痴地天天跟自己聊宁远，聊他们见面干什么，去哪里吃了饭，看了什么电影，还有宁远对她多么好。陆荻太了解程小柔了。她知道程小柔在KTV的时候就对宁远有着不可名状的好感，也知道程小柔是个被动的、没有十足把握什么都不会做的人，于是，她才那么游刃有余地横亘在两人之间，不留一丝痕迹。若不是多年后，程小柔和宁远在异国他乡偶遇，他们大概永远都不会知道事情原本的模样。

程小柔坐在床边，她很想给陆荻打个电话，但其实她也并不知道电话通了，她能说些什么。陆荻肯定是惯常的样子，随便几句就能把所有的事情都搪塞过去。她们做了那么多年好朋友，程小柔最痛苦、难过、失落、困难的时刻都是陆荻陪伴左右，她最软弱的时候，陆荻陪她喝酒、陪她流泪，她遇到问题陆荻帮她出主意，程小柔一直觉得最好的闺蜜就是这个样子了。可是，这天晚上，程小柔忽然换了个角度想了她们俩之间的关系，程小柔快乐的时候，陆荻似乎从来都不在她周围，陆荻唯独没有陪程小柔做过的，就是看着程小柔开心。程小柔的生活渐入正轨之后，和陆荻的联系越发减少，也许并不只是因为忙碌。或者，就像那歌词写的，"如果你正享受幸福，请你忘记我"，这才是朋友吗？那么，她跟陆荻到底算不算好朋友？这个问题居然难住了程小柔。

夜色已经很深，楼下偶尔会传来一阵骚动，宁远说过巴黎的治安不是很好，夜里经常会有酒鬼出没。程小柔又走到窗前，楼下的马路空空荡荡，像她的心一样。她拉上窗帘，开了床头灯，才发现这个小旅店很精致，壁纸、吊灯，连同洗手间的镜子，都像是在罗浮宫的某一幅画里看到的。

程小柔站在镜子前面，一阵阵倦意袭来。她把卸妆膏涂了满脸，正揉搓着，手机忽然响了，程小柔过去看了一下，是大盛姑娘打来的电话，也很奇怪，巴黎已进入午夜，北京应该是刚下班，通常情况下大盛不会浪费电话费找她。程小柔挑了一个没有那么油腻腻的手指按了接听又按下免提，对方还有点儿延时。

"大盛，怎么啦？"

"我找你有事……对，有事。你方便Skype吗？现在。"

程小柔以为有急事，忙乱中居然没去洗脸，就这么跷着两根手指头，半盘着腿坐在床上给大盛拨了Skype。视频一接通，就看着大盛也在被窝里歪着，并无什么特别，程小柔问她是不是有急事儿，大盛傻乐着说没有没有，就是想你了，所以呼叫你一下，没想到你也没睡呢。程小柔一听她这么说也就放下了心，埋怨了她几句虚惊瞎火之类的，两人就七七八八地聊了起来。程小柔把白天见到宁远的事情跟大盛说了，大盛没听说过这个人，程小柔轻描淡写地说了一遍，虽然很避重就轻，但大盛听着听着就笑了，程小柔问她笑什么，大盛说我在想是不是朋友的存在，就是为了在对方身上找到自信呢。

这个话题没办法继续，背后讨论其他人除了平添烦恼没什么其他的用处。程小柔连着打了几个哈欠，说没事就挂了吧，第二天一早还要去机场。而且屏幕小框里她的脸已经成了糊掉的脸谱。大盛一张大脸嘻嘻笑笑的，非要再聊一会儿，程小柔猜着她肯定是有事要说，估计还是那种不太好开口的。于是，就把平板扔在床上，自己去洗脸，她闭着眼睛，洗着满脸的肥皂泡泡，就听见房间里传来大盛的声音："我要分手了……"

"啊？"程小柔抬头盯着镜子里的自己，以为听错了，擦了一把脸跑过去问："你分手？跟谁分手？我怎么不知道你谈恋爱了？"

大盛已经不像刚才那么兴致盎然，程小柔也不催她。大盛停顿了好半天，说："那个人你认识的，去年圣诞节你陪我去算命，你还记得吗？"

程小柔快速地把那天回忆了一遍，那天一天都在路上，没遇到什么值得怀疑的人，除了晚上给她送手机又请了涮羊肉的大哥。大盛说就是他，你想到的那个人。很合时宜地，程小柔脑海中，大哥手握方向盘意气风发地讲他和他老婆怎么重修旧好的那一幕，反复出现。她忍不住问了一句："他离婚了？"大盛叹了一口气，摇了摇头。

接下去的两个小时里，大盛一直在说，程小柔就安静地听着，一语不发。中年大哥那天得知大盛是做人力资源的，后来就邀请大盛给他的小公司所有的员工上了一次培训课，一来二去，两人熟络了，经常见面。后面的剧情就很老套了，大哥拿婚姻不幸福博得了大盛的同情，大盛自然误认为自己是拯救大哥的救世主。于是，他们冲破道德的底线，背叛了那个可怜的女人，在一起了。

程小柔透过屏幕看着大盛，就是一个被洗了脑的傻姑娘，陷在求而不得的怪圈里无法自拔。她倾诉自己是多么可怜那个男人，再也不会相信婚姻，婚姻都是形式主义，真正的爱情无须任何承诺和束缚，等等。程小柔真想问问她，如果都如你所说的那样，那么亲爱的大盛，你为什么会在今天忍不住拨打这个相隔一万多公里的网络电话，你为什么要说分手呢？

大盛张嘴闭嘴提到的大哥，跟她俩多年前见到的、叫人嗤之以鼻的那些油腻男人有什么区别，比如那次火锅店里被程小柔骂走的科长，可能唯一的区别就是大哥赚的钱稍微多点儿。虽然几次怒火中烧，但每到爆发，程小柔便拉住了自己："劝赌不劝嫖，劝嫖两不交。"虽然说用在大盛身上十分不合适，但话糙理不糙，被爱情冲昏的头脑，怎么可能让这个远距离的电话叫醒呢。多说一句两句的，很有可能就是挖了两人友谊的坟墓。所以，程小柔一忍再忍。

大盛反反复复总说起那个她俩都没见过的大哥的中年妻子，言语中充满了敌意和不屑，程小柔也都能理解。最终惹怒程小柔的是，大盛居然说，她可怜那个女人！

"天天睡在一张床上，却没有任何心灵上的沟通和交流，她对老蔡的工作情况完全不关心，就是每天带孩子去各种兴趣班，放学辅导作业，但她本来就是专科学历，说实话也辅导不了啥。老蔡只要每个月按时把家用拿回去，她就什么都不问了，你说婚姻过成这副样子多么可怜。"大盛自顾自地滔滔不绝，好像有很多感慨，好像很中立，好像她根本不是这件事的当事者之一，"老蔡那时候跟咱们说他工作遇到低谷，他老婆除了每天伺候他穿衣吃饭，别的忙完全帮不上，你说再好的感情也经不起这样消耗啊。老蔡跟我在一起，虽然每周只来一两次，但我们都能聊一些有深度、有意义的事情，他也会问我一些工作上的事情，我觉得这才是真正的交流和沟通。我看了他老婆在婚姻里的状态，我完全不想结婚，觉得一点儿意义都没有……程小柔？你睡着啦？"大盛大概是忽然发现程小柔既没有反应也没有言语，已经很长时间了。"没有啊，我听着呢。"程小柔淡淡地说。"你怎么不说话啊？"大盛底气不足地问。"我说什么？"程小柔的话语充满了战斗性。"……我说了这么多，你都没发表意见。"大盛似乎已经感觉到，程小柔并不是特别热情。

大盛想说你睡吧，可是如果就这样结束了，似乎刚才过去的那两个小时变得毫无意义，她说了这么多，她是想得到程小柔的安慰的。程小柔居然也不问她为什么要分手，也不打听她和老蔡到底情至何处，关键是程小柔也没有站在她这边跟她一起吐槽老蔡的老婆。

"你不问问我为什么分手吗？"大盛不死心地又一次挑起话题。

程小柔忘了刚才自己劝慰自己的所有努力，深深地吸了一口气，冷静地问道："你俩为什么分手？"

"他对我说他很痛苦。他说他对他老婆一点儿感情都没有，但是离婚的话又怕孩子会归他老婆，那样他爸他妈肯定就疯了；他又特别孝顺，所以他就不能离婚，可是他真爱的人是我，所以……"大盛因为要描述的人物巨多，怕程小柔听着混乱，特意举着右手掰着手指头历数，可是没想到这样的一段结束语，终于迎来了程小柔全方位的大爆发，那一刻大盛毫无心理准备。

"你闭嘴！要不要脸，要不要脸！你怎么好意思跟我说这个？

你破坏了别人家庭，怎么还有脸跟我讲过程！人家明显就是跟你玩玩，没有离婚的意思，你还在这里可怜人家老婆！你是不是个傻子！谁最可怜？谁最可怜？人家老公养家，孩子听话，到底有什么可怜的？你天天晚上一个人睡，要跟男人见个面还得等他和老婆扯谎出差，到底谁可怜，说！谁可怜！"程小柔忍了一晚上的火气毫无保留地爆发了，气到自己浑身发抖，面露青筋。

　　大盛哭了。她完全没有表现出任何意外或者要跟程小柔扯开架子开战之类的，就是默默地流眼泪，一点儿动静都没有。自己抖到心慌气短的程小柔起先没有发现，两人沉默了五六分钟之后，程小柔看到大盛拿手抹着腮，才像一个做错事的孩子一样，小心翼翼地问道："你怎么了？哭了吗？"大盛没有回答她，而是拿手挡住了摄像头，程小柔这边的平板电脑瞬间变得没了光亮，她一下子觉得整个屋子都昏暗了，原本能看到天花板上的石膏吊顶和精致的花纹，现在也看不清楚了，屏幕上一片漆黑，耳机里没有动静，如果不是小框里能看到一脸无助的自己，程小柔会认为是平板已经没电了。她有些紧张，想到应该是话说得太过了，但也只是记得自己问了好几个"谁可怜"，其他说了些什么都想不起来了。她很后悔没有控制住自己，这件事情里，当然是大盛可怜，她明明知道大盛可怜，为什么还要说出来，为什么要让大盛自己承认这件事情，大盛如果不是特别痛苦，怎么会给她拨这个电话。想到这里的时候，程小柔恨不得下楼打个车去找大盛道歉，可是怎么可能呢，她们相隔了一万多公里。

"大盛？你还在吗？"

"在，我去洗了把脸。"大盛重新又出现在屏幕上，额头前的几缕头发还湿着，贴着脑门，她一边看着镜头一边往脸上涂着各种护肤品。"我有点儿着急了，所以……"程小柔原本已经准备好了痛心疾首的道歉词，对自己的口不择言真诚地承认错误。但是再见大盛，发现她如没事儿一样，程小柔一时间不知道该从哪里说起。

"我觉得你说得不对。"大盛很坚定地对着摄像头说，"我不破坏他的家庭，他早晚也得离婚。并不是因为我出现了他们两口子才不好的。再说了我也没让他离婚。那个女的就是可怜，她老公除了给她钱什么都给不了，两人连性生活都没有，她不可怜谁可怜？我不分手了，我也不要他离婚，我们之间才是真正的爱情。"

这一幕是程小柔始料未及的，原本火气都已经变成了歉意，可一听到这些强词夺理、毫无悔过之意的话之后，程小柔瞬间觉得又有一股正义的热血涌上了头颅。刚才还担心得想要迅速回到大盛身边的她，这一刻恨不得直接把手从屏幕里伸过去，然后薅住大盛的脑袋使劲儿摇晃摇晃，让她从迷魂阵里醒过来。但大盛没有给她说话的机会："你也不用说我，你自己没好到哪儿去，还不是背着方先生跟宁远暧昧不清。五十步笑百步，有什么意思。"大盛仰着头说。

程小柔被堵得哑口无言，她没想到大盛会把她拉过来给自己找理由，她如果继续说什么，好像要跟大盛解释自己和宁远是清白的一样。程小柔一下子泄了气，她甚至觉得自己跟大盛其实不太熟，她也不是很了解大盛，她们的三观好像没有想象中的那么一致，曾经在一起玩儿得那么好，是因为只是单纯地玩儿。程小柔整理了一下情绪，很正常地看了一眼时间，说太晚了，明天怕要迟到，挂了吧，再见。

巴黎的最后一夜，程小柔居然跟远在北京的大盛姑娘再见了。

10

一个人的好生活

　　回到挪威后，日子重新变得悄无声息、没有痕迹。北欧的极昼是特别让人崩溃的一种存在，特别是对于程小柔这种困过了劲儿就失眠的人。公寓的窗帘没有遮光层，所以无论怎么把它拉得严丝合缝，都会有光透进来。程小柔的房间不大，靠窗的那面墙是一体书桌，窗户对过儿是一张单人床，所以她枕着枕头睁开眼，正好是欣赏窗外美景的最佳角度。程小柔经常过得日夜颠倒。

　　太阳总在天边挂着，在山坳间露出脑袋。程小柔就那么侧着身子，抱着从家里带来的被子，虽然已经是夏天，但屋子里的暖气还是开着的，否则会冷。她忽然想起，来之前大盛嘱咐她说一定要带厚衣服，从地理位置上讲挪威就相当于咱东北，人的脾气秉性都差不多，那边出海盗，咱这里是土匪，行当略有不同，但本质一样的。大盛说话总是二得让人很开心。想到这儿，程小柔又忍不住掐指数了数有多久没跟大盛联系。从巴黎回来之后，大盛给她发过一条短信，是程小柔生日那天，只有四个字——"生日快乐"。当时程小柔有些犹豫该回复什么，说"谢谢"显得太见外，"过得怎样"就好像盼着人家不好似的，"对不起"又说不出口。正犹豫着，来了一个问作业的同学，费劲地交流完之后竟然就全忘了。如此一来，竟变成了人家好心好意记得你的生日，自己装没看见似的一声没吭。自那之后，大盛就再没了动静。程小柔有几次想拿起手机来跟她说点儿什么，但终究不知道该说什么，把手机又放下了。

偶尔，程小柔也会怨天尤人，把一切都归咎于那个姓蔡的老男人，要不是因为他，根本就不会有午夜巴黎的那通电话，说不定此刻她正跟大盛准备一起旅行呢。或者说应该怪自己，为什么平安夜的晚上要丢手机，程小柔甚至也想过，如果大盛真的能跟老蔡结婚了，她就会去参加婚礼并包个巨大的红包，再使劲儿抱着大盛说声对不起。她倒是真希望能有机会让她说句对不起的。

盛夏。又黑又瘦的程小柔结束了欧洲之行，飞机落在深夜的浦东机场，没有靠廊桥，需要乘坐摆渡车。在她靠近舱门的那一刻，一股热流扑面而来，顿时让十小时前的凉爽记忆荡然无存。四十多摄氏度的高温热情地拥抱着独来独往的程小柔。

学校早已放了暑假，寝室贴着封条，只开了后门，需要登记才能进去。整栋楼里只住了几个假期不回家且没有租房子的姑娘，很是冷清。程小柔因为出去半年耽误了中期考察，得利用假期的时间恶补一下，所以也决定不回老家。黎女士终于想开报了旅行团去台湾了，老程同志则奔波在各种主题的聚会中，同学的、同事的、战友的，还有什么徒步的、骑行的、采摘的等，名头天天翻新花样，但内容亘古不变——喝酒。程小柔也奇怪，为什么在吃喝玩乐这件事上，男人们都如此长情。

睡了十几个小时的程小柔，看着大小两只箱子里不应季的衣服，根本无从下手，遂越发觉得闷热难耐。屋子里的空调还坏了，报修电话打了几遍也没有人接，只剩下一个吱呀乱叫的破电风扇。她大敞着门和窗户，十五楼的穿堂风自带嗷嗷的音效，连这风都是热的。程小柔有点儿想念北欧的太阳了，虽然二十四小时都在，但并没有如此炎热的温度洒向人间。

顾不上矫情，程小柔赶紧跟老板陈灿报道。

程小柔读研究生期间找到了一份兼职工作，在一个儿童培训机构做课程设计，偶尔也会给孩子们上上课。她有两个美女老板，一个叫陈灿，一个叫梅郝，两人是一对儿玩了二十多年的老闺蜜。

说起这个小幼教室，起源也很奇葩。梅郝是单亲妈妈，孩子两岁的时候，她跟丈夫和平离婚，原因很单纯，夫妻两人各自忙碌、聚少离多，交流过少导致总是吵架，经商议决定放爱一条生路。他们财产清晰，分开之后都有能力继续保持很好的生活，唯一的矛盾点是女儿笙笙。笙笙从出生开始，就是两家老人轮流陪着，请阿姨带，后来先是爷爷心脏搭桥住院，奶奶要照顾病号，两人退出带孩子的团队。没过一年姥姥也因为血压居高不下想要回老家云南休养，姥爷肯定要陪着，转眼间就只剩下阿姨一个人。梅郝离婚之后，老公搬出公寓，和她约定自己随时可以出钱再多请几位阿姨，但是一时半会儿没有办法做到亲自陪孩子。梅郝看着笙笙渐渐长大，全权交给阿姨总不是个办法，她跟陈灿抱怨不知道该如何解决这个问题。两人聊一夜，居然得出结论，开一个能陪孩子玩的幼教室。

两人都是说干就干的性格。陈灿原本就是一个自由画家，既有时间，也有兴趣陪孩子，虽然她是个彻彻底底的不婚主义者。梅郝的本职工作是环艺设计师，在一家非常著名的公司供职，平时会有很多政府订单，跟一些公务人员保持着不错的工作交情，所以从决定开公司到拿到各种批文，也都没有耽误太多时间。

原本梅郝只是想弄一个可以放心地把孩子放在那里的地方，没想到这家小幼教室开起来之后，有着同样需求的家长纷纷找上门来，几乎没费什么劲儿第一期的招生就满了。

发展的速度如此之快，让陈灿和梅郝都有些措手不及。之前两人是商量好的，梅郝拉来了一点投资，两人又分别投了点儿钱，陈灿有时间，主要负责教学招生的一切具体事务。梅郝平时太忙管不了琐碎的事情，但她会负责运营。即便这样，两个人显然是不够的，她们开始大肆宣传，招兵买马。程小柔就是在这个时候跟她们认识的。

程小柔的条件特别符合她们的要求，在校读书，又有很长时间的教学经验，学习戏剧，正好也是可以开发的幼教课程，最关键的是程小柔并不太在意收入，她只是找份兼职，没有太高的要求，毕竟还在学校吃住，没有那么大的生存压力。而对于陈灿和梅郝来说，刚刚起步的幼教室，确实也拿不出太多的钱给员工发工资，她们的统一思路是一定要给孩子们创造好的环境，她们把第一笔投资的绝大部分都用在了选址和装修上。

幼教室开在老法租界上，离程小柔的学校不远，走着就能到。这附近的马路程小柔来来回回不知走过多少遍了，环境特别好，路边的法桐都很健壮，春夏秋冬地变换着颜色和姿态，将那些老洋房半遮半掩的，很有味道。程小柔第一次来面试，发现应聘的地点居然是这些洋房里的某一栋时，心下已经决定，不给钱也愿意来的。

陈灿选的这间老房子并不在路边，而是藏在一条悠长的老弄堂里。一排排的三层楼，红色的老砖墙和老虎窗，很像现在的联排别墅。多年前，住在这里的应该是一些外国驻华公司的职员或者一些本地的中产，虽然很多已经年久失修了，但是透过木头楼梯和那些彩色的玻璃，都还能依稀看到当时的繁荣光景。现在住的大多都是老上海小百姓，对环境就没有那么讲究了。挨家挨户的窗户外面都撑着具有上海特色的晾衣竿，一根一根伸出去老远，挂着五颜六色的衣服，感觉就像是被主人派出来的士兵，关注着对面邻居的一举一动。

程小柔按地址左转右转，进了这种老弄堂就再也分不清东西南北了。问了几个人，终于找到了传说中的白色小铁门。第一次见面，陈灿刚好在打理院子，她弯着腰摆弄那条鹅卵石铺成的蜿蜒小路。程小柔自报家门，跟她打了招呼，陈灿微笑着打开院门，请她进来。这个小院子也就三五平方米不到，修整得十分用心，有些说不上名字的小花朵散落在阳光能眷顾到的地方，显得很得意。

程小柔跟着陈灿往屋里走，陈灿给她介绍着这里的情况。院子靠窗的地方摆了一套铁质的圆桌和座椅，旁边便是通往房间的木质门，门轴在中间，所以推哪边都能给你转进去。只不过若是个稍微胖点儿的人可能会被卡住。程小柔穿过的时候，发现门上还挂了好多小物件儿，叮叮当当的特别丰富，而且木头门本身居然也是件雕刻艺术品，真是惊喜连连。

陈灿招呼她先进屋，自己去洗手。程小柔穿过一个小长廊，左手边的墙上，与肩齐高的位置凹进去一条长槽，里面摆放了很多小玩意儿，有非洲的面具、欧洲的音乐盒、中国的茶壶等，像个小博物馆。长廊连着开放式的餐厅和厨房，这个空间不大，正方形，但是利用得特别好，正中是一个大台子，上面摆着碗碟和鲜花，台子下面藏了高脚凳。围着台子的三面墙有一面是中式灶台，一面西式无烟灶台，从天顶上吊着很多钩子挂着大大小小的锅，还有一面就是洗手台。咖啡机、料理机、烤箱，还有一口搪瓷小奶锅看上去使用频率最高。

仅仅是站在最外面的餐厅里，程小柔已经对这个老房子喜欢得不得了。这里完全就是她想象中最好、最完美的工作场所。

陈灿说光找这房子就差点儿把她累死，所以一谈好租赁，她直接签了十五年的合同，正好房东也要移民，想找一个长期的租户。有了长期的租约，她跟梅郝就大刀阔斧地把一个阴暗潮湿的危房改造成了如今的样子。

陈灿的性格十分友善，但并不是那种热情洋溢的，她说话轻声细语，聆听别人的时候一定是看着人家的眼睛，很诚恳，哪怕对方说的都是些无聊的事。她比程小柔大七岁，不施粉黛，穿衣服看着很随意，但其实很讲究，总之她整个人都淡淡的、不张扬，程小柔常说她很像一个日本女人。

老房子的装修很简约，但品质很高。细枝末节里都能看出陈灿和梅郝的用心，所有的家具都是实木榫卯无漆的，洗手间的地面用的是粗水泥，有大小两只马桶，带智能坐垫，水池也是高矮两个，水是恒温的。厨房里装了可以直饮的净水器，所有有棱角的地方全都包了海绵。梅郝说，自从有了孩子，看世界的焦点都乱了，上哪儿去一眼锁定的是有没有潜在危险，人多的地方再热闹，关心的只是有没有感冒的，评价一个商场是否高级有档次，入驻了什么品牌不重要，重要的是有没有设施齐全的母婴室，诸如此类，不胜枚举。陈灿虽然没有亲身体验过，但她很接受高品质的细节组织起的生活。这件事上，两人一拍即合。

梅郝是学设计出身的，花了两周的时间手绘了装修图纸，这份珍贵的手稿被陈灿贴在木质镜框里，摆在了书架最显眼的位置。大屋子差不多四十几平方米或者更大，地面整体被垫高了几十厘米，有点儿像榻榻米，是实木地板的，装了地暖，冬天十分好过。两面墙都是依墙而起的书架，密密麻麻摆满了各种图书、绘本和碟片，墙角放着塑料的小梯子。整间屋子很自然地被划分了几个区域，靠近窗子的地方是个喝茶的角落，依着墙有一个矮小的置物架连着同样矮小的多斗柜，上面放着各种样式的茶杯、茶壶、茶叶罐，多斗柜里藏了很多小物件，多数是她俩出去旅游顺手淘到的，陈灿会定时地拿出来换着摆在进门小长廊的那个长槽里。

靠近餐厅的那边墙上悬着一张大吊毯，奶白色的，质地特别好，白天起到了反光的作用，让整个老房子更亮堂一些，有时则可被用作投影幕，给孩子们放个动画片之类的，小家伙们都很喜欢。

窗户左侧是窄窄的小楼梯，连着一张木头的吊床，陈灿就睡在上面。吊床下面摆了一张和床一样长的木质矮桌，桌子周遭铺着一圈棉垫子，孩子们平时就围坐在这里画画。桌子中间整齐有序地摆着笔架，上面挂着很多笔，还有墨汁、颜料、调色盘，纸则放在楼梯下的一个柜子里，桌子上有时候还会铺着厚毡。床板下面吊着一根长长的灯棍儿，只在孩子们来画画写字的时候才会打开。因为没有多余的家具，屋子会显得很大。

程小柔没费什么力气就应聘成功了，陈灿说茫茫人海中找一个要一起共事的人，最主要的是眼缘，或者说靠嗅觉，像狗狗一样，走近了互相闻了一下，觉得不错就同行，觉得不对就再见。至于会相伴多久，就看缘分了。她觉得程小柔的味道是对的，程小柔感觉相同。

陈灿是二十四小时基本都会在老房子的，平时工作日，分上下午两个班的小朋友。上午九点半到十一点半，下午两点半到四点半，一共就十个孩子，有一半是梅郝的同事或者朋友的，还有一半是住在周围的邻居，基本都是家里的阿姨或者老人陪着。陈灿带着孩子们画画，画烦了就跟着程小柔过家家或者听程小柔讲绘本。陈灿刚毕业那会儿，曾经做过一段时间的插画师，同时负责给一个儿童出版社挑选外版的绘本，所以她存了好多珍贵的样书。小孩子们都是形象思维，文字对他们来说不重要。程小柔经常看见一堆小朋友聚在一起，捧着印有各国文字的书，自说自话地讲故事。

周末的时间比较自由，所有会员可以随时来，程小柔和陈灿还会准备一些面包、牛奶、燕麦、水果等简餐，一般在下午三四点钟的时候，大家会聚在一起唱歌跳舞并展示一下孩子这一周的绘画创作。家长也可以利用这些时间聊聊天、喝喝茶。程小柔和陈灿几乎每天都在，她们还请了三个阿姨，负责卫生和餐饮。因为人并不多，一切看上去都井然有序的。

梅郝家的笙笙，出勤率仅次于陈灿和程小柔。每天早上，梅郝开车把笙笙和阿姨送过来，她去上班，如果不加班的话傍晚六点多钟会来接她们，顺便跟陈灿和程小柔吃晚餐，关心一下她们共同的事业进展。

老房子的存在，给单亲妈妈梅郝解了燃眉之急。她很感激老朋友陈灿。

梅郝和陈灿是大学同学，两人同届但不同专业，是参加学校摇滚社团时认识的。七〇后的她们，认认真真地做过一段时间的摇滚青年。两人第一次的共同旅行，就是为庆祝毕业，坐绿皮火车去拉萨，因为郑钧。

梅郝是那种智商超高又自律的人，从小学开始，一路高歌猛进，以老家最高分考进了大学。还没毕业就被法国的对口学校挑去读硕士，各种考试从来没有难住过她，还没回国，就已经手握最牛的外资环艺设计公司offer。上学的时候是学霸，上班之后转身变成工作狂魔，两年的时间就从助理变成设计主管，她带的team项目接到手软。

效率和质量是梅郝一再强调的。她在任何事情上都不纠结、不犹豫，包括结婚和后来的离婚。梅郝的前夫叫王勇，是个小有名气的律师。他们从谈恋爱开始，就没有过拖泥带水、暧昧不清的阶段，两人关系更像是革命的战友，从来不存在牺牲工作时间约会的可能，连卿卿我我都是有schedule的。

说起来，梅郝和王勇其实是蛮般配的一对儿。梅郝刚进公司的时候，有个顶头上司，属于业务不行但心思活络的那种，梅郝也是年轻气盛，几次看不下去他在项目上做小动作，没有选择跟他同流合污。没想到这就惹起人家的不快。对方是个生意场上的老油条，见梅郝是个刚毕业的，不欺负她欺负谁，随便找了两笔坏账，私下动了动手脚就给梅郝做了圈套。一心扑在工作上的梅郝，还是战斗经验太不丰富，一看上司给机会做项目负责，也没多想就接手了。结果跟甲方沟通两次之后就发现了问题，这明显是他们商量好的甩锅，非但项目根本进行不下去，预付的款项和返工费等都是理也理不清楚的。之前那个男人一直按着不动,以未完工向总部汇报,迟迟没有结项核算,这次甩锅给梅郝,里面所有的坏账往后就是梅郝跟总部沟通了。总部山高皇帝远的,才不会关心坏账到底是从谁那里开始的,他们只看最后的结果好坏。再说了,上司仗着自己在公司混迹多年的资历和广阔的人脉,怎么可能让梅郝的声音传到总部去呢!加上公司里上不了台面的利益盘根错节,梅郝也不敢轻举妄动,她实实在在地吃了一个很难解决的哑巴亏。

梅郝当时只有二十六岁,面对大她一轮多的男人如此阴险的刁难,她冷静了两天,前思后想都觉得不能就此服软,她不能让坏人如此猖獗还扬扬得意。梅郝尽可能地打扫着烂摊子,当然是没有任何改观和进展。但她利用这段时间仔细观察上司的一切工作,终于发现了那个人的疏漏。大概事情做得太熟练又从来没有人发现过,梅郝这个上司放松了警惕,有一家专门给他销账的皮包公司已经两年都没有更换过了,这家公司在账面上出现的频率太高,引起了梅郝的注意,她顺藤摸瓜,发现这就是一家帮着上司把公司业务变成私人业务的中转站。按理说这种情况很容易被发现,但是上司居然能这么明目张胆,估计这只是个源头,里面肯定还有更大的事儿。

梅郝在要不要继续的当口,稍微犹豫了一下。她有点儿害怕拔出萝卜带出泥,但是想了想即便是那样,她也是做了一件对的事情，公司虽然很大，但千里之堤溃于蚁穴，她相信不会有任何一个老板愿意做冤大头。

想明白这一切之后，梅郝开始了她的"福尔摩斯计划"。她先是主动向上司低头认错、示好，要求重回团队当中，那男人大概被胜利冲昏了头脑，或者根本没把梅郝放在眼里，只是刻意保持了一段时间的距离，就不再那么防着她了。他把一些繁杂事务、没人爱做的、整资料等低级劳动都丢给梅郝，梅郝照单全收，并在这些基础上开始有步骤、有计划、不动声色地跟对方周旋。只用了半年时间，她就把那男人做假账、吃回扣等证据全部整理好了，里面确实涉及了一个完整的利益链，源头在纽约总部。梅郝把这些资料分好类别，非常老到地绕开大的律师事务所，暗自打听那种有能力有实力但还没名气的律师，她想咨询明白，把这种东西轻易地发给董事会，会有什么结果，于她自己来说，如果只是想针对那个顶头上司，到底做到哪一步就可以收手了。

王勇就是在这个时机里，入了她的法眼。

缘分这种事情，完全说不清楚，王勇和梅郝是校友，只不过在学校时并不认识，食堂里曾经排在同一个队伍里买过生煎包也不一定。遇见梅郝之前，王勇是下定决心做钻石王老五的。他跟几个师兄弟从毕业开始就自己开律师事务所，起步那几年穷困潦倒，各种创业里能遇到的奇葩困难几乎都一个也没落下地经历过，光是合伙人就换了两三拨，他是唯一坚持下来的。国内他这个行业领域，新手难做、小事务所难做，这两样他都占全了。但王勇和梅郝一样，都是那种特别较劲，尤其喜欢克服困难的人。他每天像打了鸡血一样，连续五年除了工作没有生活。梅郝是通过王勇曾经的客户找到他的，也就是说王勇虽然还没有什么名气，但是已经积攒了口碑。

然后，一物降一物的故事就发生了。梅郝拿着那些整理好的证据去找王勇，王勇花了一晚上的时间全都看完，思路之清晰、条目之明确让人叹为观止。关键是厚厚的几沓牛皮纸信封里的材料，没有一页是浪费的，也几乎没有再需要律师帮忙整理的，就拿着这些东西上法庭，绝对是一个多原告、多被告，错综复杂的大经济案件，而所有这些连环套一样的案子，源头就是梅郝顶头上司甩给她的那个锅。王勇问她："你的目的是什么？这事儿太复杂，我得按照你的目的，帮你想这些资料到底寄给谁。"梅郝干脆利索地说："把我洗干净就行，不该我负的责任我不负，让那个男人知道我不是软柿子。"

王勇觉得这姑娘真逗，费了这么大的劲，目的居然就是这么一点点。他说："如果你只是这个诉求的话，其实不用找我，你把这些东西复印一下，全都寄给你的上司就行了。我倒是可以通过法律程序帮你向警方申请人身保护令，免得对方狗急跳墙对你进行报复攻击。"

梅郝听完王勇的建议，说："保护令应该不需要，我也没想过要扭转乾坤，我先按照你说的办吧，如果效果不佳，我再找你。"资料寄出之后，扳倒对手的事情进展得就很顺利了。上司收到资料，立即找各种关系要花钱从梅郝手里买证据，梅郝明确地表达了自己的需求，这个公司有你没我，有我没你，之前给我挖的坑，自己去填好，总部那里的烂事自己去擦屁股，钱我不要，你滚远了，这些东西我也不要。对方也不是傻子，梅郝留足面子给他，事情没到不可收拾的地步。他递了份辞职报告，又赔了些账面上能看到的钱，息事宁人从公司消失了。

梅郝对付坏人首战告捷，但是这事儿也引起了总部对上海公司的关注。各种流程审查及项目监测都较以往严格了很多，就如同梅郝想的那样，没有哪个老板想当冤大头。在这样的工作压力下，梅郝没有退缩，她自告奋勇地担下来两个没人愿意接的case，夜以继日地工作着。

王勇目睹了她这一段疯狂的经历，竟然就被这个还没褪掉婴儿肥的云南姑娘给迷住了。他自己说的，怎么也想不到，会有这么一天，因为想讨好一个女人而取消出差计划。王勇失去理智地坠入了爱河，立场鲜明地向梅郝表达着爱意。王勇承认，他爱梅郝，是爱到随你怎样我都行的地步的，从小就是别人家孩子的王勇被唤起了另一种征服欲。

梅郝更加利索，她对王勇感觉不错，也欣赏他的能力与自己旗鼓相当，最重要的是两人的生活追求高度一致。所以在两人确立恋爱关系之后的第三个月，她便向王勇求婚了。

一个阳光灿烂的早上，梅郝睁开眼睛，发现天气不错。看了一眼日程表，接下去的一个月全是密密麻麻的红色，正好王勇发来信息，是例行的早安问候。梅郝洗漱的时候，思考了一下，既然接下来的日子那么忙，不如先解决一下相对简单的个人问题。于是，她收拾停妥，给秘书打电话说今天所有安排推后三小时开始，然后带上自己的户口本，给王勇回了一个短信说："你先不要去律所，我找你有事情，大概半小时后到你家。"王勇一边吃早餐一边等她，他怎么也不会想到梅郝说的事情是去婚姻登记处。没有钻戒，也没有求婚仪式，王勇就穿着家居服和拖鞋，站在屋子的玄关里，对面打扮得精致美丽的女人问他："你要不要娶我啊？"王勇嘴里还有半口面包没来得及咽下去，他原本就是去开个门的，没做好准备迎接如此重大的决定，甚至都没做好准备要开口说话。梅郝站在门口，也不说进来，从包里又拿出来户口本，说道："我都带好了，你的在家吗？我向公司请了三个小时的假，现在还有两小时二十分钟，如果我们十分钟之后出门的话，去了就算要排会儿队应该也来得及。去吗？"王勇愣了几十秒钟，伸了伸脖子把面包咽下去，一时间不知道是先说好的还是先去拥抱梅郝，伸着一双无处安放的大手。从来都是潇洒倜傥、舌战群雄的王律师，直到梅郝忍不住走过去先拥抱了他，他才反应过来，他迅速地回应了她，然后觉得不够，直接把她拦腰抱起来举过头顶，还是不够，又疯狂地在客厅里抱着她转到头晕眼花，自己也快要摔倒。王勇才觉得这一切好像是真的，他捧着梅郝的脸，说道："你为什么要如此优秀？为什么连求婚的机会都不肯让给我？那么你确定你的身边真的需要一个我吗？"梅郝十分优雅地点头说道："确定。所以，你现在能不能找到户口本？"

王勇和梅郝结婚，是连双方父母都不知道的。他们收入都很好，王勇表态自己不需要婚前财产公证，但是如果梅郝认为有必要他愿意全力配合。梅郝则说不必，生活的保障来源于自己，无须法律给予帮助。两人也没有婚礼，只是春节年假时梅郝跟着王勇回了东北的老家，第一次见了公公婆婆，这婚就算是结完了。

梅郝非常精致，对自己要求极高，一周的工作时间里，她的衣服从头到脚绝不会重样，见同一个客户，无论隔了多久，打扮也绝不会重样。生活中，她没有很多好朋友，只有同事或者客户，下属常常在背后埋怨她不通人情，但同时又很服她的业务水平。那种常人家的琐事，梅郝从未遇到过。比如与公婆相处，王勇的父母要来上海帮他们带孩子，梅郝便提前在同小区里租了可以拎包入住的房子。梅郝常说，要用钱解决烦恼，然后把省下来的时间去赚更多的钱，才会有机会享受生活。

婚姻生活并没有给梅郝带来任何变化，他俩工作生活一切如常。她倾尽全力带着自己的团队，精益求精地实现着自己对美的追求。王勇一样，他的律所在正常的轨道上稳步前行。生活没有任何波澜，女儿王笙迤的到来也是他们计划之内的。

梅郝说自觉可以扮演好任何一个社会角色，且并没有觉得很困难，只有母亲这个角色，让她觉得有些挑战，因为她和自己妈妈的关系并不亲密，十八岁之前她把这一切的责任都归咎于妈妈，认为妈妈并不称职。所以，一直以来都有个计划，就是自己做妈妈，看看这种不冷不淡的母女关系，到底是因为女儿没做好，还是因为妈妈没当好。

有人说，所有的女人，你今生最好的闺蜜就是自己的妈妈。梅郝从来没有体会过。

梅郝的父母是一起下乡插队的知青，感情特别好，好到连梅郝

的名字都是两人的姓简单地组合了一下。梅郝出生之后就被送回云
南老家，一直跟着爷爷奶奶。父母仍像神仙眷侣一般过着二人世界
的生活。爷爷奶奶都去世后，梅郝就住进了寄宿学校，后来考进大
学，只是逢年过节回家看看，有时候为了赚点零花钱暑假都不回
家，父母也并不要求。梅郝和父母的关系很清淡，有点儿像是朋
友，还不是那种特别亲密的朋友，是大家都很独立，都给对方留了
很大的私密空间那种。她从来没有过像程小柔那样的体验，被妈妈
盯着不能谈恋爱，但有了心事又会整宿不睡觉跟妈妈聊天。从记事
起，无论心底里是多么渴望得到妈妈的爱抚，梅郝从来没和妈妈拥
抱过。第一次出国留学，梅郝邀请爸妈来上海小住两天，顺便送
她。父母应邀来了，机场分别的时候，三个人都有点儿不知所措，
父母心中肯定充满了不舍还有许多叮咛，但是大概因为从未有过亲
密的举动，当梅郝伸出手想拥抱他们的时候，妈妈和爸爸却以为是
要握一握手。旁边有很多依依不舍的分离，越发显得他们很特别，
梅郝就这样收了手，也收回将要释放的情感，很礼貌地跟爸妈说了
再见，不回头地出了海关。

　　设身处地来解决问题是梅郝的处事法则之一，所以生孩子，最
好还是个女孩，是一直在她的议事日程表上的。她和王勇领证之
后，就做好了随时迎接宝贝的准备，但是一直没有什么动静。

起初，梅郝认为是两人都太忙太累了，不好受孕，特意安排过几次度假旅行，但也没奏效。王勇的父母是很传统的那种，一直急着抱孙子，偶尔就会提醒他们一下要不要去做做检查。刚开始的两年他俩也没着急，就想着顺其自然，后面听到的各种不孕不育的故事越来越多，梅郝有点儿紧张了，迅速安排了所有的检查，王勇只能全力配合，结果显示两人都没问题。后面的几年，梅郝就加入了为了要孩子而遍寻名医的大军之中，中医西医加偏方，没少折腾。两人还开玩笑说，从小到大，没遇到过这么难的题，一点儿提示都没有，难道还真解不了了？后来还是陈灿提醒了梅郝，让她去查一下内分泌，也许并不是妇科的问题，陈灿的嫂子就是因为甲状腺的某个指标太低而不易受孕，当时把这个调好了很快就有了。

所以，笙笙出生之后就管陈灿叫大妈妈，陈灿说这个小丫头可是我给你俩召唤来的，梅郝和王勇对陈灿自然是感激不尽的。

后来梅郝跟王勇商议离婚的时候，两人还聊起要孩子这件事。王勇说，也许笙笙躲在云彩后面一直在观察我们，大概她已经看到我们会有今天，所以才迟迟不愿意来吧。梅郝也觉得，那么想要孩子，是因为自己没有享受过一家三口其乐融融的日子，没想到笙笙终于来了，他俩却要分开，不能再给她一个完整的家。为了孩子，他们俩是认真犹豫过的。

他俩太像了，当年彼此欣赏，也是因为像。婚姻没有让他们合二为一，他们还是两个独立的个体，且彼此都不希望对方为了自己而做出什么牺牲。在如何带孩子、怎么分配彼此的时间这些很具体的琐事上，他们不停地沟通，甚至争吵，发现只要两个人要分担这件事，就没有办法受着委屈还调节着心情表演愉悦。于是他们决定还是换一种关系相处，分开生活、结束婚姻，每周带着孩子以最好的状态共同生活两天，权责分明，不要再有任何负面情绪，这种状态可以一直维持到其中一方组建新的家庭不再合适参与，或者直到孩子十六岁。

王勇搬回自己的公寓，两人又恢复像当初谈恋爱时的状态，没有撕破脸皮，也不用老死不相往来，双方的父母依旧不知道发生了什么。周边所有的人，只有陈灿了解，程小柔后来知道，也只是梅郝无意中提了一嘴。离婚这件事，本质上并没有给梅郝带来什么影响，大概是因为当初结婚就没有造成影响。

程小柔平时能见到梅郝的机会很少，她和笙笙的关系倒是不错，因为每天都会和笙笙一起玩儿。她发现，最终影响到孩子的并不是某一种家庭关系的形势，而是在家庭中每个成员的生活状态。笙笙两岁父母就分手了，可是爸爸和妈妈都还是她的，爸爸不出现的时候就是单纯因为工作很忙，无须撒谎；妈妈忙起来的时候，爸爸立即补位也能独当一面；三个人在一起的时候，没有冷战，没有不爽。笙笙一天到晚乐呵呵的，程小柔没看到她跟健全家庭的孩子有什么不一样。

　　一个人，有能力过好自己的日子，跟是不是一个人过，跟几个人一起过，一点儿关系都没有，就只跟你自己有关。

11 / 二十三封道歉信

程小柔回归老房子，发现虽然只是走了半年，但整个感觉都不一样了。

说来很有意思，上海原本是她的异乡，可是因为从这里出发又回来，居然有了故乡的感觉。

从浦东机场打车回宿舍的那个夜里，出租车在高架上一路飞奔，路灯摇曳，照得黑色天空都变亮堂了，根本没有披星戴月的感觉。司机师傅循环播放着《异乡人》那首歌，偶尔等短暂的信号灯时，还会望着窗外哼唱两句。程小柔就坐在后座认真地听，并顺着司机的目光看向远方，视线所及的地方，都是熟悉的，无论景色还是文字。她忍不住问司机："师傅您是哪里人啊？"司机笑着，在后视镜里看着程小柔说："我上海人呀，但你不觉得接机的途中，这首歌很应景吗？"程小柔也笑着，都流眼泪了。终于，这个城市里也有了一扇窗，在夜里为她亮着一盏灯。

老房子的院子里竖起了小黑板，上面画着课表。正在屋子里上课的是一群八九岁的大孩子，围着桌子在临摹，陈灿给他们指点着。家长们都聚在一旁，多数都认真遥望着孩子们作画，只有少数几位爸爸在看手机。

搞卫生的阿姨还是那两位，由于人变得多了，她们比之前更忙碌起来，简单地跟程小柔打了声招呼就继续干活儿了。程小柔坐到木板上，倚着书架，最靠外的那一格放着点名册，上面记录了谁家的宝宝来过几次，作为收取课时费的一个凭证，上面都会有家长的签字。程小柔拿起来翻了两页，看到了很多不认识的名字，默数了一下人数，较之前增加了很多，而且貌似增开了很多条目。程小柔心中有些疑惑，不知道这半年发生了什么。

陈灿下课之后，例行送家长和孩子出门。以前都是些小宝宝，亲亲抱抱的就再见了，如今这些大孩子，一个个要不就是耷拉着脑袋不说话，要不就是撒丫子直接往外跑，家长们倒是都客气，就是缠着陈灿了解各种情况，迟迟不愿离开。程小柔在一旁看着，都能感觉到陈灿累得不行。

好不容易跟最后一个说了再见，陈灿做了个深呼吸，随即转身大笑着看向程小柔，两人欢叫着拥抱。

阿姨们手脚麻利地已经把刚才的战场打扫好了，陈灿放开程小柔，随手掰了一根香蕉，饥不择食地往嘴里塞着，噎得没法儿说话，程小柔赶紧去接了一杯水递给她，问这是什么情况。

陈灿招呼阿姨们先下班，拉程小柔坐下来喝茶跟她慢慢絮叨。

幼教室的出资人忽然撤资了，虽然当初也没投多少钱，但是按照合同这个人应该每年都会有追加，连续投五年。但这个人年后迷上了玩期货，半年的时间亏到负债累累。这人原本就是梅郝的朋友，也是一大家子人都靠他养着。他约了梅郝好几次说明情况，不但无法继续合同，还想把之前投的那两百多万元拿回去，等他喘口气干起来的时候，再把钱投回来。这当然是张空头支票了。

陈灿和梅郝因为这个突发事件已经焦头烂额了两个月了。大刀阔斧地装修老房子并且签十五年的租赁合同，很大一部分原因也是认为钱不会出问题。幼教室开张的时候账面上是负数的，好在没有什么其他的支出，几个月下来基本上已经可以收支持平，她们还想着到年底的时候差不多能有盈余。如果这个人中途说不干了还要再把钱要回去，那就真的是伤了元气了。但对方很可怜，梅郝和陈灿都下不了狠心公事公办，正在凑钱准备还给那人。

程小柔听着就很头疼，两百多万元的现金缺口，关键是往后怎么办呢，如果就这么关了，岂不是损失更严重？但要继续的话，钱又从哪里来呢，只靠梅郝和陈灿贴钱做下去的话，估计两人都会被拖垮。

陈灿说梅郝的意思是把规模扩大，广告打出去，好拉到更大的投资，让投资人看到市场潜力。程小柔一个艺术生，还搞不太懂她们生意场上的套路，她只是觉得陈灿有些疲惫。一直面带微笑的陈灿，很少有这种时刻。

程小柔曾经说过，遇到任何不开心或者感到焦虑，只需要跑到陈灿的身边挨着她，负面情绪就立即会烟消云散。陈灿的脾气性格跟梅郝正好相反，她特别"佛系"，不争不抢的。对生活也没有过高的要求，有了老房子之后，她退掉了之前租的小公寓，搬进老房子住。一应吃穿用度，都是极简的，舒服就好。程小柔第六感觉，在幼教室今后的发展方向上，陈灿和梅郝似乎有点儿分歧。程小柔试探地问陈灿，还有别的解决方法吗？

陈灿的意思是没有必要为了让这幼教室继续下去而去做一些违背初衷的事。当初她们办这家幼教室，就是想让笙笙在一种自然的环境中成长，不是去那些打着大大招牌的培训机构里，被灌输知识，学习技能，参加各种考试拿到一些什么莫名机构认证的证书，然后展示给家长，看，你花的钱多么值得啊！这种安安静静陪着孩子玩儿，也不求在某个时间段达到什么效果的幼教室，收费还不低，定位原本就不是面对大众群体的，她们不是为了赚多少钱才去做这件事。现在若是按照梅郝的想法，那必然要扩大规模吸引更多的顾客，符合大众的口味，让人家看到自己花的钱去哪儿了。那不就又回到汇报成果、参加考级这条道路上来了？对于这种定位，陈灿觉得有些问题，她并不是很积极。

程小柔很天真，她听完之后顺口就说："你跟梅郝讲讲你的真实想法啊，她那么聪明怎么可能听不明白呢？"陈灿笑了笑，说：

"好，我知道了。"

陈灿没有跟梅郝谈。这件事情发生之后，她们已经深入地聊过一次，梅郝还是一如既往地，在开始之前就将所有的解决方案都想好了，目标清晰、任务明确，她很职业地跟陈灿开了一个会。陈灿在那个会上什么都没说，因为她以为自己是约了好闺蜜聊一个棘手问题，没做好准备见到梅郝的这一面。

陈灿听着梅郝对问题的利弊分析以及介绍应对方案ABCD的长短优势，她跑神儿回到了曾经上班的办公室里，当时的总编辑也常常这样强势地跟他们开会。骨子里，陈灿并不是一个能够接受这种被规范、被指派的生活的人。她从这个规整的圈子里逃出来了，绝不会再回去。

虽然那次谈话最后很和谐地进入了闺蜜聊天模式，但是陈灿的不回应、梅郝的刻意撇开话题，足以说明她俩已经很明白彼此的立场，但是就是没有想好折中的办法，或者她们都在期待对方能够让步。

因为拿到现金迫在眉睫，陈灿还是同意了先开绘画辅导班，她原本出身世家，在插画界也还小有名气，加之又是名校毕业，很多家长看到这些头衔都很愿意解开荷包。程小柔回来之前的这一个月，陈灿像个机器一样，每天排满了课。梅郝也没有闲着，她安排好了公司里的事情，用业余时间面试老师，她计划开更多方向的辅导课，比如书法、古琴，这种不会扰民又看着很有档次，市场竞争也不那么激烈的课程。同时，她整理了幼教室的各种资料，动用关系，见有兴趣的投资人，吃一堑长一智，她这次的遴选很慎重。

程小柔看来，她俩的分工堪称完美。她自己的那门课还保留着，只有这一门课还全都是曾经的小朋友。程小柔想着别的忙她也帮不上，就主动担负起照看笙笙的重任。王勇的消息也很灵通，不知道从哪里听说了这事，把自己的工作调整了一下，主动增加了陪笙笙的时间，隔三岔五就见他开着车来接笙笙和阿姨回家，照顾吃饭等，无须梅郝操心。

越是看似风平浪静的海面，越有可能瞬间波涛汹涌。程小柔总觉得这种安宁的气氛和当下的处境不太相配。梅郝还是会一有时间就来老房子，陈灿也在认真上课，但她们见面却一点儿不提钱啊，课程啊，往后怎么弄啊之类的事情，聊来聊去都是什么笙笙乖不乖，中午吃了什么，王勇哪天来接孩子等这些平常琐事。程小柔在一边听着都觉得不太过瘾。

这种日子大概又过了一个月。有一天，陈灿打电话给程小柔让她去老房子，原本这天程小柔是休息的，因为学校有公共课，但陈灿说得蛮急的，程小柔找了个借口逃课跑去了。

老房子那天很安静，没有学生，连两个阿姨都不在。程小柔觉得有些奇怪，陈灿主动跟她解释说，昨晚发了一个临时通知给学生，要停课一周，她马上要出趟远门。程小柔问她去哪儿，这么突然。陈灿说去美国，见一个老朋友，昨晚联系上的，所以她买了下午出发的机票。程小柔从来没听陈灿提过有美国的朋友，而且这种隔着太平洋说飞就飞的行为，她也有点儿无法理解。

陈灿的身世一直很神秘，她不像梅郝那么外向开朗，经常会聊一聊和父母的关系以及小时候的故事。陈灿好像从来没主动说起过家里的事情，唯一一次是赶上她过生日，喝了点儿酒，她讲起了自己的家。

陈灿是湖北人，爷爷是大画家，爸爸也是，她算是继承了祖辈良好的基因传统。她妈妈出身书香门第，是"文革"之前的大学生。现在父母都已经去世了，只有哥哥还留在湖北老家，平日联系也不是很多。陈灿的爸爸妈妈经历过"文革"，自她出生起家里就充斥着衰败的气息。原本是书香门第，几代人收藏的书、喜欢的字画、父亲自己多年的作品，都被洗劫一空，连带早已去世的爷爷的字画也一并被夺了去。陈灿的哥哥，那时候不过五岁，由于父亲随后被带走关押，母亲一个人着实害怕，也无力抚养，就将他送回了遥远的滇西农村姥姥家，一住就是五年。陈灿是父亲回家之后才出生的，她的出生并没有给家里带来欢乐，反倒是平添了生活的压力。哥哥在陈灿一岁的时候被接了回来，一家四口守着空空的房子，相互取暖。

爷爷留下的一切财富早已荡然无存，父亲在失去自由的那几年里得了严重的风湿病，没有办法再拿画笔着颜抹色、精雕细琢，终日只剩下唉声叹气。在陈灿的记忆里，她和哥哥都不敢大声说话，更没有开怀大笑过，因为父母终日不开心。父亲虽然自己不再画画，但是日日敦促陈灿和哥哥画画，不断地嘱咐他们兄妹要秉承家风，要学会用笔。但是哥哥在滇西的日子里没有办法学习，回家后又不适应，他很快选择了自我放弃，不但没有画画，初中一毕业就进了工厂，赚钱补贴家用。于是，陈灿变成了家里唯一的希望，她每天被父亲逼着，除了画画就只剩下吃饭、睡觉，可是父亲却一再声明，画画不为功名，最好永远远离功名，只做安身立命的一项本事，最好还能喜欢它，将它用作与这个世界说说话的渠道，仅此，就很好。十几岁的陈灿搞不清楚这些要求和说辞，是矛盾的还是统一的。她只知道父亲身体一日不如一日，母亲找到了一所小学教书，一家四口都指望着母亲和哥的工资过活。陈灿说，她记忆中的童年就是这样静悄悄的、矛盾的、有些衰败感的。

大概是太过压抑了，陈灿选择大学的时候只有一个目标，就是离家越远越好，去一个有水、有树、有阳光、有嬉闹的人群，还得是个温暖的地方。陈灿也没有选择美术专业，她成绩很好，读了复旦的中文系，毕业进到出版社，但做着做着又拿起了画笔。

父亲对她的影响很大，不争不抢并不是说她不敢面对竞争，而是她心底里总是存有父亲的唉声叹气和他常说的"不值得"。陈灿知道，父亲被深深地伤害过，所以不敢相信一切号召你相信的东西。沿袭到她这儿更变本加厉，养成了她远离喧嚣和热闹的生活态度。对婚姻更是如此，从她记事起，父母动辄就持续数周甚至数月的无硝烟冷战，她所看到的夫妻关系，似乎就是为了折磨对方而存在的。她从小就失去了对要进入一段负责任的、漫长的关系的信心。她不想在这个世界上留下任何痕迹，孩子是父母生命的延续，陈灿自己都不喜欢自己，更没有什么值得延续的了。所以，她坚决地一人生活。

如果只看外表，怎么也不会想到陈灿的经历是这样的。不过细想也不意外，程小柔和她接触多了之后发现，虽然陈灿对每一个人都温暖关照，但其实她交际圈子很小，除了梅郝，没见过她跟什么朋友走得很近，程小柔已经算是她生活里出现得多的了。聊起这件事的时候，陈灿说朋友以质取胜，不在量上。而且无意义的应酬会浪费很多时间，真正的友情根本不需要应酬。

想起这些，程小柔就更加奇怪了，得是什么朋友，值得让陈灿立即跑一趟美国。但看上去陈灿也并不想多说，她给程小柔交代了一下这一周的事情，收拾了一个小行李箱子，打辆车就走了。

上海的夏天特别长，这都十月了，还是一样闷热。程小柔送走陈灿之后，没有进屋，在木门边的铁质椅子上坐着乘凉。小院子因为铺了草坪又有花，所以蚊子特别多，程小柔坐了这一会儿被叮了好几个包，她掐了一片薄荷叶子当花露水用。弄堂里的家家户户基本都下班回家开火做饭了，一股一股的香气飘在空中，锅碗瓢盆的叮当作响也没停过，还有地道的吴侬软语此起彼伏。

程小柔虽然断断续续地已经在上海待了将近六年，但还是不能完全听懂上海话，至于说就更完成不了了。不过她很喜欢听上海女人讲话，软糯糯、甜甜的，再加上上海女人大多皮肤白皙，就感觉特别像小时候姥姥包的白糖江米粽子。上海女人的精致生活也是程小柔喜欢的，就算只是出门去菜场，也会打理头发、画上口红，她们喜欢穿睡衣出门，但是一定会配上皮鞋。喜欢约着闺蜜去喝下午茶、吃奶油蛋糕，从十几岁一直到几十岁，这个爱好都不会变。程小柔看着一边站在门前洗菜一边聊天的那些老阿姨，感觉自己从未跟上海如此接近。

幼教室停课一周，三个阿姨也放假了，陈灿临出门时拜托程小柔直接住过来，每天开开门通风。老房子一楼会比较潮湿，又是夏天，说不准哪天一场急雨，如果几天没人住的话，怕是会发霉。

晚上，程小柔从外面溜达一圈儿回来，进屋烧壶热水泡杯绿茶，冲个凉，就歪在窗子旁边读陈灿推荐给她的《浮生六记》，她刚读几页就被吸引了。看到淡妆素着的芸娘跟沈复因一碗淡粥互道情愫时，程小柔对这本小书爱不释手，顿时心生羡慕，她想这才应该是生活原来的样子，清淡缓慢的，让我们有时间去感受每一个褶皱，无须那么多的起承转合，也能尝尽百味。就好像吃菜，现在满街都是川菜馆，什么菜都得放浓香辣油，有多少人已经失去了味觉，谁还愿意细细品出一碗白粥的香气呢。读书是让人愉悦的，遇到喜欢的，更是会连闷热都忘记。程小柔挨着窗口，房顶上一个四页的吊扇慢悠悠地转着，一杯清茶已经喝到快没了颜色，胸口渗着汗珠，但清凉从心底发散，舒服极了。

如果能天天这样就好了！程小柔觉得，以后就住这种房子，再养一只狗和一只猫，还有两个孩子，这就是她想象中最完美的生活。想到这里程小柔十分激动，拿起手机来要和方先生分享一下，关于未来的种种计划，她还是得告知一下另一位准当事人。方先生终于忙完了手里所有的事情，正想通知小柔，他准备周末过来跟她小聚，毕竟已经大半年没见了。接到电话，两人一拍即合。

　　程小柔心满意足地进入梦乡时，陈灿还在天上飞着。漫长的路程，但她并无睡意。陈灿在翻看一个老日记本，是她母亲留下的。里面夹着一张泛黄的旧照片，上面是两个梳着羊角辫子的小姑娘，两人牵着手，很认真地看着镜头，很严肃地笑着。稍微高一点儿的是陈灿的妈妈，旁边那个是妈妈的发小，也就是这次陈灿去美国要找的人。

　　世事变迁，陈灿并没有见过这位姓宋的阿姨，她只是从爸妈嘴里不止一次地听说过，而且爸妈有些时候的争吵也是因为这个阿姨。很多细节陈灿都不太清楚，只记得爸爸对这个人避而不谈，妈妈说起来的时候感慨居多，还有惦念。陈灿父母身体尚好的时候还曾经试图找过宋阿姨，但一直没有音信。这次能联系上也实属偶然。陈灿刷微博的时候，偶然看到一个网友发了张照片，是跟一幅工笔画的合影，说在美国洛杉矶以高价收到已逝陈姓画家的遗作，欣喜不已。这幅画陈灿也见过，在很多张家里的老照片中都有这幅画，是爷爷的遗作。陈灿在微博上联系了买画的网友说要寻找卖画人，对方因为关注陈灿多年，所以没多说就将联络方式给了陈灿。陈灿照着号码打过去，没想到对方竟然真的是宋阿姨的儿子，而且得知宋阿姨也还健在，对陈灿一家宋阿姨都还记得。

陈灿匆匆买了机票,她想要拿回属于自己家的东西。爷爷那些画现在价值连城,这个宋阿姨的儿子自作主张卖掉画的钱,陈灿认为是应该拿回来的。当初欠条上的那些就算了,还有几幅画如果没有卖掉的话,她也应该收回来,至于怎么处置,她还没想好。之所以如此仓促地做这个决定,多半也是想着能有现金进账,好让幼教室渡过难关,不必变成路边的辅导班。

周六的晨光里,方先生的飞机在虹桥机场降落,陈灿的飞机落在LAX(美国洛杉矶国际机场)。程小柔几乎同时收到了两条短信,方先生说"我到啦",陈灿说"我落地啦",程小柔在木头吊床上还没睁开眼睛。

洛杉矶的夏天跟上海比起来要清爽一些,陈灿的行李很少,她之前来过美国很多次,订了熟悉的酒店并租了车,一切有条不紊。来之前她还特意给老家的哥哥打了电话,和哥哥简单介绍了整件事。哥哥遗传了妈妈内向的性格,听完之后也没有发表什么意见,只是说小时候对这个宋阿姨有些印象,但时间太久已经很模糊了,只记得妈妈说她是最好的朋友,从小一起长大的,但后面两家为什么分开并断了联络的细节,他都不记得了。陈灿跟哥哥说,妈妈的日记里有清楚地写到,爸爸被带走之前,宋阿姨因为孩子多过不下去了要回农村,那时候到处都在"破四旧",他们担心爷爷留下的画会留不住，所以托这位宋阿姨带回农村保管。当时父亲还有些不放心，但也没有更好的选择，临走时他俩给了宋阿姨不少现金让她路上带着用，因为数额不小，日记本里还夹着宋阿姨当时写的一张欠条。所以，她想着这次去美国见见宋阿姨，既然画作还在，就请她原样奉还，至于过去那几十年为什么联络不上也就不再问了。哥哥听完，只是淡淡地说了句"你决定就好"。

陈灿和哥哥的关系，也跟普通人家不太一样，没有闹过什么争抢家产的矛盾，但他们生活中也不会联系，就好像根本没有彼此一样。她出来读大学，哥哥一直在老家，只有逢年过节陈灿回家时才会见面。陈灿毕业后没几年，父母相继离世，她几乎就没再回过家。她和哥哥从小就不是很亲近，一来是家里的气氛很压抑，两个孩子习惯了封闭自己；再有就是她觉得哥哥主动疏远她，并不喜欢她。当然，这只是她自己的感觉，并没有证实过。

陈灿觉得和哥哥很陌生。从小她就没有过那种跟在哥哥屁股后面玩儿的经历，记忆中哥哥很少说话，在家里一举一动都是客客气气的。哥哥读书时没有打过架、没有请过家长，找工作时没有难为爹妈帮他托关系找人，随大流去了工厂，上班不迟到，下班就回家，甚至连恋爱结婚都是悄无声息的。他就像是一个借宿的客人一样，刻意追求没有存在感的生活，跟父母和妹妹相处了二十年。父母辞世、妹妹离家之后，哥哥就像刑满释放一样，终于投入到了自己的生活里，开始有了爱好、有了朋友，为孩子操心、和妻子拌嘴，终于过得实实在在了。陈灿远远地看着，不忍打扰。她心中有很多愧疚，虽然这愧疚的起因并不受她自己左右。她总觉得是因为自己的出生，抢夺了原本就不多的父爱母爱，她的优秀也更加衬托了哥哥的普通，她从未受过饥寒之苦也是因为哥哥在遥远的滇西都替她承受了。但对于这种不公平，哥哥从未有过半句埋怨，甚至连聊都没聊过，陈灿觉得这是最强大的报复，有来无回的情感让人压抑、憋闷，却没有任何办法。无论她做不做努力，似乎都不会有什么改变。所以陈灿常想，亲情尚且如此，世间能有什么事情是理所当然呢？

陈灿到了洛杉矶的第二天，拜访了宋阿姨。找到宋阿姨的住所并没有费很大的工夫，他们住在相对热闹的华人区，周边环境不错，生活看上去很便利。陈灿按照电话里宋阿姨给的具体门牌号，敲开了一栋白色别墅的大门，开门的是一个中年男人，很热情地招呼了陈灿，似乎已经等候她多时。

"陈灿妹妹是吧？你好你好！"对方这个亲切的称呼，让陈灿一下子有点儿不知所措，面对对方张开的双臂，陈灿足足愣了两秒钟，才礼貌性地回应了一下："你好，我是陈灿，请问你是？"那男人笑得更加灿烂："我是你宋阿姨的儿子，我应该大你三岁，我们走的时候你还没出生呢，所以你不认识我，我和你哥哥是光着屁股一起长大的，陈放没一起来吗？"

这个生活已经很西式的男人，一边用地道的武汉话跟陈灿聊着，一边帮她拎着包、换拖鞋。"灿灿，这里还好找吗？我原本说去机场接你的，但是老太太现在身体不好，一分钟也离不了人，所以我也没办法出门，让你自己过来真是太不好意思了。"陈灿跟着他进了客厅，对方的热情出乎她的意料，她有些尴尬，找不到一个说话的当口，心想着至少得问一下这位称呼自己为"灿灿"的中年人，到底尊姓大名。中年男人还在兴奋地提问："住的地方定了吗？其实不用住酒店的，住家里多好呢，房子好多都空着，孩子们上学去了，现在就我和我太太还有老妈在家，你想住多久都行的。"

"不用麻烦，我都订好了。我上海还有好多事情，所以也住不了几天的。那个……太不好意思了，我还不知道怎么称呼你呢。"

"哎哟，对啊！咱们这是第一次见面，我叫李军，木子李，军人的军。"

对于陈灿来说，人到中年，称呼一个第一次见面的陌生男人为哥哥，实在有些别扭，但直呼其名好像又有些薄了人家的情谊似的。所以生硬地回应了一声，自己就尴尬地乐了。"宋阿姨呢？怎么没见她？"陈灿想着无须绕弯子，就直接说明来意。

"她在卧室呢，我带你去。老太太上年纪了，身体不好，刚查出来得了阿尔茨海默病，所以只能在家里，还得二十四小时有人陪着才成。"

阿尔茨海默病？陈灿心里咯噔一下，真是无巧不成书了，这不就意味着，找了半个世纪的人，终于找到了，却有可能什么都不记得了。

李军轻轻敲了一下房门，顺手拧了门把手，床边的老虎沙发上坐了一位头发花白的中国老太太，正在看电视，里面播放着电视剧《渴望》。

"妈，灿灿来了！"老太太双手使劲儿撑着扶手起身，往陈灿这边走来，她仔细端看着陈灿，陈灿也认认真真地看着她，虽然上了年纪，皮肤松弛了，眼睛也失了光彩，但是陈灿觉得她还是旧照片上的小女孩。这时候老太太也说道："真像。和之茹真像。之茹，你想我了吧？"老太太说着就走过来握住了陈灿的手，使劲儿摩挲着不肯松开。

"妈，这是之茹阿姨的女儿灿灿，您又糊涂了！来，过来坐着说话。"老太太在两人的搀扶下一步一步地又挪回沙发上，还是攥着陈灿的手，不肯放开。李军给陈灿介绍着老太太的病情，道：

"一阵子糊涂，一阵子清醒，早前的事说得都没头没尾的，新近发生的事转脸就忘。八十多岁了，也算是自然衰老吧。"陈灿微微点头。

"灿灿，你妈妈好吗？她找不到我，着急了吧？"老太太坐下之后，很认真地问陈灿。

"妈，您糊涂啦。"李军总是在提醒着自己的妈妈同一句话，又转身跟陈灿说，"你看，这怎么聊天，你哄着她就是了。我们都是天天哄孩子一样的。"

陈灿理解阿尔茨海默病的老人，他们沉浸在过去某一段难忘的回忆中，记忆停留片刻，然后会重新混乱，随着大脑的萎缩，慢慢地失去这一生生活过的所有痕迹，回到如初生的婴儿一般，生命就会结束了。某种程度上，这是一种解脱。陈灿笑着、很耐心地和宋阿姨说话："阿姨，我妈妈十年前就去世了。她还在的时候，是很想念您的，她时常跟我们说起您。"

"你妈妈走啦？"老太太拽着陈灿，皱着眉头问她。陈灿轻轻拍着她的手，微微地点头。老太太像是自言自语似的说道："那怎么办呢？那怎么办呢？"

"什么怎么办？"陈灿轻声问她，但是阿姨并没有回答。倒是在一边的李军，把老太太搀了起来，往床边走去，背身跟陈灿说：“灿灿，咱们到客厅边吃午饭边聊，让我妈休息一会儿，她现在心脏也不好，不能劳累。”老太太顺从地半靠着床头，身上盖了毯子，电视机居然响起《渴望》的片头曲——《好人一生平安》，这首歌在国内都很少能听到了。

陈灿跟着李军回到客厅，餐桌上已经摆好了饭菜，他的太太和一个阿姨正在准备碗筷，陈灿客气地打过招呼，大家坐下来用餐。

席间，李军很善谈地介绍了他们家的基本情况，二十世纪九十年代初他就因为做外贸生意来美国了，慢慢地把老婆孩子和妈妈都接了过来，父亲早就过世了，还有几个兄弟姐妹，有在国内的也有在美国的，总之大家过得很不错。他还感谢了改革开放、感谢了时代、感谢了两国政府，又讲述了自己白手起家的创业史，从农村走出来多么多么不容易，怎么在深圳赚到了第一桶金，聊得热火朝天。家里的阿姨是个越南人，中国话都听不太明白，在旁边吃了一会儿就回厨房继续收拾。他的太太一脸骄傲的样子，会在合适的时间节点表扬老公一下，陈灿则自始至终一语未发，只是配合地点头微笑。她很失望，面前这个人一副油滑之相，若不是远道而来，她一定会选择什么也不说就走的，她预感说了也一定是白说。但是，美国和上海的距离以及将近半个世纪的跨度，还有幼教室，她想着还是做个了结吧，就算是帮父母把这件事明明白白地了结了，也给幼教室再务把力。

"我直接说来意吧，李先生、李太太，抱歉我不太习惯称呼哥哥嫂子之类的。我离开家很久了。"陈灿有点儿生硬地打断了李军的演讲，她觉得没有必要再让大家这样继续耗费时间了。"我是通过一个字画收藏家找到了你的联络方式的，因为我看到他刚从你这儿收的画作是我爷爷的。四十多年前因为社会动荡，我父母委托了宋阿姨帮我们家保管爷爷的画，之后因为各种原因一直都没联系上，现在既然好不容易找到了，我就想来当面感谢宋阿姨这么多年的帮忙，把剩下的画一并带回去。"

陈灿说完这话，李军和他的太太就安静了许多，虽然脸上还洋溢着惯性的笑容和热情。饭桌上沉默了半响，这个空当里越南阿姨刷盘子洗碗的声音显得尤其响亮，才叮咣了两三声，李太太就喊着"Amy，are you crazy？"离开饭桌跑去厨房了。李军借着她太太的离开也快速做了调整，换了一副笑脸，很谦逊地说道："灿灿，当时你还没出生，那时候日子可不好过了。那时候我们家还受到你们家很大的帮助呢。要不是陈叔叔和许阿姨给了我们家盘缠，我们怕是连老家也回不去，真是苦日子。"

"稍等。李先生，我妈妈留下了一本日记，里面还有当初宋阿姨写下的借条，我一并带来了。毕竟那时候你也还小，可能很多事你也记不太清楚了是吧。"陈灿给他垫了台阶，但没给他留面子。李军的脸已经青一阵白一阵的了。陈灿没等他说话，继续说着："其实那些钱现在也不必算了，最困难最需要钱的时候已经过去，如今我父母也不在了，所以我不是来要钱的。但是画不一样，那是我爷爷留下来的真迹，我们存下是因为不想让它们流落到市面上，你已经出手的，我也不再追究你的责任，请把收到的钱给我，剩下的画也请还给我吧。我带了当初抄录的画作名目。"陈灿说着就从包里拿出了那个日记本。

"陈灿，你看，咱们俩了解的事情的经过有些出入，你的父母已经不在了，现在只能去问问我妈妈，虽然她已经有点儿糊涂了，但是之前的事情她清醒的时候还是能够回忆起来的。你看这样好不好，我们今晚等老太太休息得差不多了，她状态好的时候，我跟她好好聊聊这些事儿，明天回复你好不好？"李军变得十分客气起来，言辞滴水不漏，显然是做了很多准备，但是陈灿也有点儿超乎他的想象，然而他也不会轻易认输，所以祭出缓兵之计。

"好，明天再约吧，我先走了。"陈灿也没有咄咄逼人，经过刚才那一系列的交谈，她对面前这家人失望至极，若不是老太太握着她的手喊她妈妈的名字，那么情真意切，她宁愿回去在父母坟前磕头道歉再继续去上培训班的课，也不想再继续和这个叫李军的人扯皮了。

　　陈灿离开后直接回到酒店，衣服都没换倒在床上就睡了，身体上的疲惫还是其次，精神上的折磨才是压死骆驼的最后一根稻草。当初一群斗志昂扬的小朋友闯进陈家，底儿朝天地翻了一轮又一轮，无数字画都被当成废品和糟粕被毁坏掉了。那些东西在当时一文不值，陈爸爸想到要委托一个可信的人保存字画，也并不是为了等到哪天让这些东西变成金钱，他仅仅是想留下点儿父亲的遗物作为纪念。如今可好，要把这些纪念带回家难道还要斥巨资从别人手里再买回来吗？陈灿梦里都在愤愤不平，她有些埋怨当初妈妈交友不慎，又有些埋怨那个混乱的时代。总之，做了很多很多的梦，好在醒来的时候都已经忘记了。

　　当地早上六七点钟，陈灿迷迷糊糊地被电话铃叫醒，是梅郝打过来的，她责怪陈灿出远门怎么也不报备一声，自己还是通过程小柔知道的，陈灿解释说来回顶多一周，不值当特意给你打个电话。两人又随意聊了几句，都是些有的没的，陈灿简略地说了美国之行的目的，又说起对方的情况，梅郝也觉得有可能是白跑一趟，还问她要不要找王勇咨询一下，不行就走法律程序，虽然离婚了，但是朋友要帮忙应该还是义不容辞的。陈灿忙说不必了，太麻烦不值当的。去的很大的原因也是想知道，为什么父母总是因为宋阿姨吵架，其他的就随缘吧。两人又聊了一会儿别的，笙笙在电话那边一个劲儿地喊大妈妈，陈灿和笙笙说了会儿话，笙笙吵着让陈灿看她画的画，陈灿告诉她给她买了艾尔莎公主的裙子，笙笙隔着屏幕就开始跳舞了。和孩子聊天总是让人轻松愉快的。

陈灿刚挂了电话，王勇的信息就来了，让她有任何需要帮忙的，只管张嘴，不要顾忌。陈灿忙道谢，并承诺绝不会跟他客气。看来梅郝还是不放心，王勇对梅郝托付的事情也是十分认真。陈灿觉得夫妻处成这样特别好，婚姻原本就是一种关系的定义，它既不能保证你幸福，也不能带来任何保障，大家倾心投入去经营的难道只是一段关系吗？当然不是，是一份情意，只要情意在又何必在意是什么关系呢。

梅郝知道了陈灿的情况，是程小柔告诉她的。那天她下班去老房子，想和陈灿商量投资，却得知了陈灿去了美国的事情。程小柔没想到陈灿会不跟梅郝说这件事，梅郝问了去的原因，程小柔也说不清楚。梅郝提议叫点儿外卖，喝杯酒歇一歇。程小柔有很多下酒的小存货，开了冰箱不一会儿的工夫就码了一盘奶酪、火腿、油橄榄，开了一瓶红酒。梅郝倚在窗前，一脸疲倦，程小柔问笙笙呢，梅郝说让王勇接走去游乐场了。她这几天忙到不行，投资终于差不多了，想着赶紧跟陈灿把这事儿定了的。程小柔也没多想，就问她陈灿没找过你吗，她不是说不想把规模做大再拉投资进来的吗？梅郝显然是第一次听到这样的说法，虽然之前她们聊的时候陈灿并没有像往常听到其他事一样表示一百二十分的赞同，但是对这个计划如此不满意，以至于会跟程小柔抱怨几句，也是梅郝始料未及的。

光看梅郝的反应，程小柔就意识到自己大嘴巴了，她忙不迭地给梅郝解释，说自己也是瞎猜的，也许陈灿并不是这个意思。梅郝笑着叹了口气，你不说我也应该能想到的，只不过不愿意往那边想就是了。梅郝又喝了点酒，顺势对程小柔吐露了心声。她在生意场上摸爬滚打这么多年，她太了解什么叫"理想很丰满，现实很骨感"了。梅郝当然记得陈灿和她一起建幼教室时的初衷，可是梅郝也明白，如果不改变策略做市场，光凭她俩的存款做幼教室的话，肯定坚持不了多久。当初费了那么多心思，就因为别人撤资而关门的话，也有些太不舍得了。把老房子修葺一新，变成跟她们想象中的屋子一模一样，这就不说了，光是拿到教育资质，梅郝就不知道跑掉了多少珍贵的休息日。付出这么多的心血，她还是想再努力一把。况且，她还考虑到了今后，陈灿是一个人，坚决不结婚，自由职业好一天坏一天的，年纪大了总要养老，幼教室好好做下去，可以是个依靠。她自己也是一样的，虽然目前的状态还不错，但是她一个人养笙笙，花钱的地方还在后面，每一个做母亲的都想给孩子最好的，她也不能免俗，幼教室收入如果能越来越好的话，也会给她减轻很多压力。前思后想，她才如打了鸡血般见了这么多拨投资人，修改整理了那么多的项目计划书。她是想着，先生存下来，再去实现梦想。

程小柔细细听着，梅郝考虑得如此周到，但陈灿的想法她也完全能理解，站在中立的位置上，程小柔都纠结了，她也不知道更好的处理方法是什么。只能劝梅郝别着急，也许陈灿没找她谈就是已经同意了，都怪自己多嘴。

梅郝也安慰她说多亏了你提醒，怎么能算是多嘴呢，我也得回去再好好琢磨琢磨。一会儿先给陈灿打个电话批评一下，长能耐了，都不给我说一声就跑。程小柔见梅郝又开始开玩笑了，心里踏实了许多。所以才有了大洋彼岸那个morning call。

陈灿泡了个澡，在马路对面的咖啡馆里吃了早餐，顺便把机票也换了时间，起初一周的计划看来应该不必要了。

再次坐在宋阿姨家的客厅时，虽然只是隔了二十四小时，李军对待陈灿的态度出现了一百八十度的变化。李军就像昨天的陈灿一样，完全没有任何寒暄，开门见山。说辞很简单，如陈灿预料的基本一样，经过昨晚的紧急家庭会议，宋阿姨在状态非常好的情况下，清晰地回顾了往事。"事情的真相是，当初他们要回老家，确实是向你父母提出借钱，但是由于两家是非常要好的朋友，你的母亲是执意要给我母亲那些钱的，但在我母亲的再三坚持下，还是给你母亲写了借条。所以，那些钱我们今天是要还给你的，也是必须的，并且要连利息一起。至于那些画作，其实是你父母亲送给我们的，因为形势紧张，你们家当时在处理这些东西，我母亲是觉得销毁或者扔了怪可惜的，才捡了回来，你父母明确表示如果我母亲喜欢，无偿赠送。所以，不存在委托保管这种说法。抱歉，恕我无法奉还。"李军说道。

陈灿安安静静地听着，这个仪表堂堂的男人滔滔不绝地讲述着他的理论，利益面前的确没有什么人性可言。通讯如此发达的当今社会，如果一个人真的想联系到曾经的朋友，怎么会几十年都没有动静，只有一种可能，就是这个人根本就不想再出现。听毕，陈灿起身，对李军客气地说道："好，我知道了。那就这样吧。"

或许面前这样的情况过于简单了，李军反倒有点儿失措，他又确认了一句，问陈灿："你……同意了？"

"我听懂了而已。"

"那么，这是我按照利率核算出来的应该还给你们的现金，不好意思我只有美元，是按照今天对人民币的汇率折算给你的。"李军推给陈灿一个信封，又嘱咐一句，"请你把当初我母亲写的借条拿出来，我们当面撕掉它吧。"

"不必了，这钱是我妈妈借出的，她已经去世，也还不回去了。至于借条，我给你写个自愿作废的声明，我想我妈妈更希望把它当作一个纪念。"陈灿说这话的时候，卧室的门不知道什么时候打开了，宋阿姨扶着门框颤颤巍巍地站着，等陈灿说完，她轻声喊着陈灿的名字，招呼她去她屋里。陈灿和李军都很意外，李军明显还很紧张，他连着说了三遍"妈，您有什么事就在这儿说吧"。但老太太执意叫陈灿进屋，就站在门口等着她过去，不肯让步。陈灿走过去搀着她，将要转身的时候，李军站在客厅中央，冷冷地喊着："妈，您别犯糊涂，好好和陈小姐说。"

老太太使劲儿抓着陈灿的手，很温暖。

两人进屋之后，老太太让陈灿把门反锁上，又牵着她坐到床边，老太太颤颤巍巍地在床下的抽屉里拿出一个木头匣子，慢慢打开，小匣子里面还有更小的抽屉。陈灿就这样静静地看着，老太太像个小孩子一样打开自己的宝藏，寻找盒子里的小秘密。这双手生满了皱纹还有老年斑，像枯萎的树皮，每一节关节都好突出，连弯曲都很困难。陈灿想起了自己的母亲，她直到去世，都还是美丽得体的。陈灿忽然意识到，也许长久地待在这个世界上也是一种煎熬，熟识的人都已经离去，熟悉的生活已经被时间抛弃，而你就像是被上帝遗忘的孩子，孤独地留在这个星球上，像初来乍到时一样惊慌失措，却没有人再热情地呵护你。

"灿灿，把手给我。"老太太轻声说话，叫醒了愣神的陈灿。陈灿听话地把手递过去，老太太将自己的手放在陈灿的手心，慢慢伸开，一只红宝石戒指落在陈灿的手上。

"灿灿，这是我结婚时的嫁妆，我最珍贵的东西了。你带回去，给你妈妈。我这一辈子做不了主，年轻的时候要听丈夫的，老了又得听儿子的。只有这个，他们都不知道，是我自己的……之茹一定会怪我，我再见到她，不知道她会不会不理我，她不理我怎么办呢？之茹肯定会怪我，你把这个给她，告诉她，我心里都明白的，让她别生我的气，让她早点儿找我过去，我好想她。"

老太太说着说着就委屈地哭了，像个小姑娘一样，陈灿用手帮她擦着眼泪，一遍又一遍，想不好该怎样安慰她。

"阿姨，您别哭，我带来了妈妈留下的日记本，里面还有您的照片呢，您要不要看啊？"陈灿轻声哄着她，老太太认真地点头。陈灿从包里拿出日记本，翻出那张泛黄的照片，老太太把挂在胸前的小眼镜戴起来，认认真真地看着，开心地笑了起来。她自言自语道："那天我过六岁生日，我们俩去照相馆拍的，这是我第一张照片，去之前你妈妈吓我，说拍照片会把魂儿拍掉的，你看，我当时很害怕。那天拍完，我们没回家，去江边玩了，我们俩那时候常去江边看船的，之茹还跟我说顺着江一直走就会看见大海，大海很大的，无边无际。我们都不知道海的那一边是什么样子的……对了，我有给之茹写过信，寄不出去，你带给她。她看了就明白了，说不定就不生我气了。"老太太颤颤巍巍地又从自己的小匣子里拿出一沓叠得整整齐齐的信，每一封都有邮票也有地址，就是小时候陈灿住的地方。陈灿接过信，握住老太太的手，轻轻地靠过去抱住她，人上了年纪，就会缩得很小，陈灿拥抱着她，特别像抱了一个听话的小孩子。

宋阿姨的儿子没一会儿工夫就开始敲卧室的门，想必是太担心有什么变数。陈灿跟宋阿姨道了别，走的时候阿姨依依不舍的眼神，看得陈灿忍不住要流眼泪了，她赶紧三步并作两步地上了车，戴上墨镜。

海的那一边就是这个样子啊！陈灿透过挡风玻璃，仰望着蓝天，深深地吸了口气。她坐上车，一路向西，迎着要落山的太阳。她把那只珍贵的戒指放在钱包的最里面，生怕丢了。

陈灿没有回酒店，而是直奔机场。

等待登机的时候，她小心翼翼地拿出那沓信，数了数一共二十三封。陈灿按照顺序拆开信，一封一封地看，每一封信都是用毛笔写的，娟秀的小楷，言语不多，很明了，很真切。前几封信的内容多是家中琐事的陈述，想来是因为刚到农村有很多不适应，特别想找闺蜜聊聊。陈灿注意到这几封信中均有明确提到"所托之物方在，安好，放心"，应该就是指爷爷的字画。

有一封信，大概是写于二十世纪八十年代，里面提到"义鸣寻到我们，今日得见。道正不予且不认代管，我劝无果并动怒于我。之茹，我心急如焚不知如何是好，万万不要怪我，我定日日争取。盼回信"。义鸣是陈灿的爸爸，宋阿姨提到的道正应该就是她的丈夫了，这就是说在八十年代，两家其实已经又联系上了，只不过李道正作为一家之主拒绝归还当初委托他们带走的字画。陈灿一下子明白了父亲为什么总拿这件事责备母亲，她似乎也明白了母亲为何总对宋阿姨避而不谈。陈灿又往后翻着信，一连几封都是说她已经想尽各种办法劝道正，但是无果，宋阿姨次次都请求之茹的原谅，一次比一次恳切。大概是倒数第三封信，信中写："之茹，莫怪。道正离世，我方知信均被他扣下，无一发出。今生对你之遗憾，恐无法弥补了。何日得以再见，亦无可盼。思念甚苦，莫怪。妹舒兰。"宋阿姨唯一一次在书信中与陈灿的妈妈以姐妹相称，大概是心中抑郁愧疚不知该如何述说才好。

陈灿读着信，眼泪忍不住往外涌。后面两封信的信封上都贴着美国的邮票，内容都简单了许多，字迹也不再像之前那么俊秀有力，看着有些模糊，应该是颤颤巍巍写下的。内容是说自己近来记忆大不如前，总是想不起来很多事情。怕以后有一天会什么都忘记。遂记下文字做证，字画系代管之物并非赠予，望能物归原主。信中还写到字画在儿子的书房，都尚在且完好，盼之茹能来。陈灿看着信落款的时间，泪落如雨，宋阿姨不知道，那个时候她的好闺蜜之茹已经去世一年多了。陈灿用手背抹了眼泪，拆开最后一封，只有短短两句话：对不起，之茹。你何时来找我？很想念你。

陈灿把这些信合上，按着原来的折痕重新整理好，塞回信封里，把它们放进随身的包里，登上了回国的飞机。

在万米的高空上，陈灿想着，她一定要去找梅郝，她不能像妈妈和宋阿姨一样，留下一辈子的遗憾，到离世都没有办法让对方知道，闺蜜对于自己有多么重要。

12

再见陆荻

很多年之后，程小柔依然会想起那个悲戚戚的深秋，以至于有那么几年她都惧怕这个季节，因为记忆中的昏黄让人连想想都压抑。可如今已经好多了，她终于明白心境和季节的关系，所谓悲秋，都是悲从心生，而诸事顺利之后，连寒冬都不再清肃。冬不至，春何来。

陈灿从美国回来之后，第一时间给梅郝打电话，但梅郝出差了，两人遂约了等梅郝回来再见。趁着空当，陈灿特意回了一趟老家。她去给爸妈扫了墓，把从美国带回来的那些宋阿姨写的信，在墓前烧了，并祈愿这些迟到的信妈妈能够看到，希望妈妈能够不再责怪宋阿姨，也不再自责交友不慎，希望爸爸了解其中缘由，能够向妈妈道个歉，这一生的恩怨，就画个句号吧。

陈灿这次没有选择住酒店，而是回了哥哥家。她给侄子买了很多书，在哥哥家住了两天，这是自父母去世之后，她第一次又跟哥哥生活在同一屋檐下。哥哥、嫂子虽然都有些拘束，但是坐在一起吃一日三餐的感受，让陈灿觉得很特别。陈灿想着，世上的事，我们大多只能看到自己熟悉的一面，可多数时候能够看到别人那一面，可能才是事情的真相，比如宋阿姨和妈妈，比如自己和哥哥。她不想自己到老都只能感觉到跟哥哥之间的是隔阂而不是亲情，她决定主动一些。很多人都会说，你迈出第一步，会得到对方向你走来的九十九步。在跟哥哥重新相处的这几天里，虽然他们的交谈还是那么少，那么淡，但是陈灿在哥哥家里看到她小时候和哥哥的照片，大大小小的都贴在镜框里，有的缺角了，有的有折痕，但都完完整整被摆在哥哥的书架里，没有灰尘。这些照片她自己都没有了，哥哥还好好留着。

临走的时候，小侄儿缠着她不放，问姑姑什么时候再回来，哥哥和嫂子面露尴尬，替陈灿跟孩子解释说姑姑很忙，不能影响姑姑工作。陈灿抱着侄儿，笑着说："过年姑姑回来好不好？给你买最大的乐高，给你买最新的画本，咱们一起画画。"小孩子兴高采烈，哥哥虽然嘴上说太忙就不用往回跑，但还是在陈灿走出去很远之后，在后面喊"春运得早买票啊"。

程小柔一个人待在上海，方先生过完周末就回北京继续"搬砖"，梅郝出差了，陈灿回老家，连阿姨都一周没来上班了，她略略觉得有些无聊。陈灿回老家之前两人见过一面，程小柔听她讲了宋阿姨和她妈妈的故事，心里挺有感触的。她反思着自己，为何两个好闺蜜都让她处得越走越远了。跟陆荻的关系她也说不清楚，她总觉得自己当陆荻是最好的朋友，可是陆荻只把她当作一个能体现自己生活优越的参照物，或者简单点儿说，她们俩对未来生活的规划越来越不一样了，所以走散就走散了，也没法儿遗憾。但是大盛呢，一想到大盛，程小柔就会有一阵莫名的心慌，像多年前那一段不知从何而来、也不知因何而去的心悸一样。她知道，她和大盛之间就欠一句"对不起"，谁对谁说都行，只不过两人都还没有找到说出口的机会。

已经两年没怎么联系过的陆荻，忽然给程小柔打来了电话，上来第一句就是"忙死了"，然后就是连珠炮一样的，说自己来上海出差，多么多么忙等等，但是明天晚上带你吃顿好的。她还是一贯的样子，说话根本不给你留任何拒绝的机会，程小柔几次想说既然你这么忙就算了，就好像我自己吃不上饭一样。不过陆荻还是那个热情主动的陆荻，她还是那个不太会拒绝的程小柔。挂了电话，就收到了写着时间、地点的短信。

餐厅就在富民路上，离程小柔的学校不远，是一家港式茶餐厅。有空闲的周末，陈灿和梅郝会约着程小柔来吃早茶，方先生如果来探亲也喜欢带程小柔来这家。附近的环境很好，特别适合吃晚饭、散步、聊天。程小柔来得略早了一些，但陆荻从不迟到，不一会儿便看见她气势如虹地推门而进，站在餐厅的正中间巡视程小柔，程小柔赶紧扬起手来招呼她。陆荻坐下的第一句还是"累死了"，服务员拿来菜单，陆荻努努嘴示意让程小柔点，程小柔就说我要碗冬阴功虾汤粉就好了。陆荻一听马上就炸了，说怎么能点碗粉就算了呢，说好了吃大餐的。她拿过菜单，又是烧味拼盘又是咖喱皇的点了一桌子，服务员光上菜就来来回回跑了三四趟。程小柔吃着自己的汤粉，陆荻热情地不停地劝她多吃点儿别的，程小柔只能说常来吃，再说晚上了意思意思得了，你多吃吧。陆荻好失望的样子，说："哎，你怎么不早说吃过这家呢，早知道咱们找一家你没吃过的多好呢。"气势之磅礴，有好几次都让程小柔觉得这不是跟好朋友吃饭，这是在跟包养自己的大佬共进晚餐。

陆荻聊的还是那些程小柔听不懂但必须报以微笑和赞扬的工作，种种过五关斩六将。程小柔看她眉飞色舞，心下只有一个欲望，就是想问问多年前她和宁远到底怎么回事。她做了很长时间的思想斗争，最终还是找了个空当，说："我在巴黎遇见宁远了。"程小柔想，成年人之间的对话，应该就是她这样起个头，陆荻就会明白吧，两个人嘻嘻笑笑地回忆一下青春年少时的小伎俩，然后这事儿在程小柔的心里就可以翻篇儿了！

但是陆荻怎么可能像程小柔想的那么容易低头呢。她十分巧妙地反问了程小柔好几个问题，你什么时候出国的啊？为什么去巴黎啊？旅游吗？怎么都没说一声啊……程小柔一一回答，宁远的这个话题就被一带而过了，陆荻以一句"他还是那样吗？我们也好久没见了"结束了这场对话。

虽然这样的举动不动声色，但心知肚明的两人还是感觉到了气氛的尴尬，不知道再聊些什么。陆荻礼貌性地问了点儿程小柔学习上的事儿，就把话题扯到爱情上。在以前，一旦聊起这个话题，她俩总有说不完的话，被哪个男人追求了，对哪个男人求而不得了，类似种种永远是连通她们俩心灵的纽带。而这一次，当陆荻问出这话的时候，她肯定没预料到，程小柔告诉她"我要结婚了"。

如果说少了联系应该是程小柔主动的，那么压死骆驼的最后一根稻草肯定是方先生的出现。

陆荻显然没有做好准备，她原本还是想继续和闺蜜一起吐槽男人，感慨遇人不淑，但没想到程小柔居然说要结婚，都不是谈恋爱，是结婚。她一下子没了兴致，询问着方先生的情况，还没等程小柔说几句，陆荻便开始呲嘴，对程小柔各种失望，简直有些恨铁不成钢。当程小柔说会考虑结婚时，陆荻不停地在说你应该找个更好的，没有的话就自己过，干吗受这种委屈。

方先生比程小柔大五岁，典型的北方人，外形很粗犷且不修边幅。程小柔第一次把他带回家的时候，黎女士撇了撇嘴说："你之前找对象的那些要求呢？找他的话不是巧妙地都躲开了吗？"但程小柔喜欢的不是他的外表。日子长了，黎女士也觉得这个温柔细腻的彪形大汉做女婿的话还不错，老程同志更是口是心非，虽然嘴上各种挑毛病，但每次方先生回去看他，老头儿都要开一瓶珍贵的茅台，这种行为足以证明他对这位未来女婿的满意程度。而程小柔的眼里，方先生虽然没有百里挑一的盛世容貌，却有那万里挑一的有趣灵魂。她的爱好他都懂，她的追求他尊重，他有养她的能力但愿意接受她独立，他有自己的事业但从不要求她牺牲自己服务他。程小柔想不出来，陆获所说的更好的应该是什么样的。她也不知道自己到底受了什么委屈，陆获是怎么看出来的。

出门的时候，程小柔走在后面，她看到陆获穿着又细又高的高跟鞋，挎着新款的名牌包，身材已经发福走了样，胖出来的双下巴尤其显得富贵。春风里，她一手拿着烟一手打车，回头问程小柔去哪儿啊，我送你。程小柔说不用了，我骑了自行车。顺着她手指的方向，陆获看见了一个永久牌的小车子，哼笑了一下说："你家方先生送你的车啊？"程小柔很开心地点头说："是啊！"

然后，陆获上了出租车，隔着车窗，边看手机边冲外面挥了一下手，她自信地认为程小柔一定像之前一样看着她，站在路边给她再见。其实没有，陆获上车的一瞬间，程小柔已经跨上车子骑走了。

那晚，程小柔越想越生气，陆获说的话和她的表情，都让程小柔像挨了闷棍一样，说不出哪里难受。她回忆刚才陆获失望的表情，又想起曾经一起玩过的日子，好像只有在程小柔生活不顺、感情受挫的时候，陆荻才能好好地和她相处，她可以陪着她哭、陪她喝酒、陪她咒骂一切，甚至替她去找前男友理论，但唯一不能的就是看她终于尘埃落定，还挺幸福。

为了保持领先优势，让优越感长存，确实会让一个女人口不择言。而无论你怎么表现得跟我要好，我都不愿意只是以做你的陪衬而存在着。你很优秀，请继续，我先撤了。程小柔那天晚上就有种告别的仪式感，跟陆荻告别，跟自己不自信、后知后觉、被动接受的二十多岁告别。

程小柔在开始准备毕业作品之前，和方先生约好了一起回家，跟父母商量结婚的事。两人一南一北带着各自的礼物飞奔在深秋里。

一进家门，果然又是一桌子大盘小碟的丰盛家宴。照例一瓶老程同志的贵州茅台已经开了瓶子放在最显眼的地方。方先生十分在行地又从包里拿出两瓶一样的，说："赶紧补位！"老程同志乐得合不拢嘴，黎女士在厨房做着收尾工作，大声喊着："可别再买酒了，都少喝点儿吧！"家里瞬间就热闹了。

席间，老程同志汇报说前两天陪老领导去了趟海边。程小柔就问去那里干吗，大冬天怪冷的。老程同志有点儿支支吾吾的，黎女士就在一旁插嘴补充，说："你陈爷爷的相好来看他，之前他们不是每年都在海边消暑开会吗？所以要故地重游。"老程同志批评她说："什么相好的，这么难听。应该说是老同事、老朋友……"老程同志虽然觉得"相好"这个词不太入耳，但是它的确贴切，暂时想不出还有什么可以替代的，有些语塞。"红颜知己"，方先生在一旁提示。一语中的，老程同志瞬间表示这个词太好了，就是红颜知己，所以说有文化很重要，一定还是要多读书的，所以日后你们两个要互帮互助多学习。程小柔边吃边笑，说："爸爸你不要这么生转好吗，怎么就从相好的变成了读书学习很重要了呢！"说得大家哈哈一乐。

说到这个陈爷爷，程小柔便完全了解了老程同志的支支吾吾。这里面是一个没法儿明说的且需要间谍帮助的爱情故事，老程同志曾经扮演过宁死不屈的"地下党"。

陈爷爷是有色金属研究所的所长，老程同志退休前单位的大领导。而所谓的"老同事"，则是邻近直辖市有色金属研究所的高级工程师。两人虽然年龄相仿，但隶属两地，原本互不相扰。有色金属最为红火那几年，每年都会在各省市组织一次行业交流大会，各研究所轮流做东。轮到老程同志他们时，正巧是个多少年不遇的炎热夏天，老程作为后勤负责人拍脑袋一想，提议说去海边吧，包个度假村把大家都圈进去，开会加避暑，花费跟在省会的宾馆住宿差不了多少，陈所长听完汇报，大笔一挥签了同意。一周后，全国各地人马陆续集结去了渤海湾的这个小城市，一住就是十天。

大概是风光秀丽、温度宜人，也可能只是因为小城市没有娱乐活动，反正不知道怎么搞的，会议结束的时候，陈所长和周总工居然因为聊工作而聊出了感情。当时两人的岁数加起来都一百多岁了，但年龄绝对不是问题，据说接下去的两三年里，两个异地研究所莫名地促成了很多合作项目，他们俩也联手变成了行业领军人物。私人感情的事情当然不会公之于众，陈所长家有贤妻，儿女双全，但周总工因为先生去世已经做单亲妈妈很多年了。所以他们之间到底是发乎情、止乎礼，还是早已跨越了道德束缚，那就是谁都不知道的事情了。但是，因为总要来往出差，免不了有人闲话，那时候又都是住单位宿舍大院，时间久了就传进了陈所长的家里，再贤惠的妻子也有坐不住的时候，那么负责安排所长日常行程的老程同志，便成了所长夫人的求证对象了。但老程同志不愧是年轻时候当过兵，嘴巴那叫一个严，连黎女士问他，也只是那几个字——"没有的事儿"！

两位优秀的有色金属研究专家，借着工作的机会，一直保持来往直到他们退休，有个五六年的时间。退休之后，没有了工作做掩护，再加上年龄也大了，家里儿子结婚孙子出生，忙忙叨叨地也就淡了。虽说所长家庭关系紧张过一阵子，但是没有真正受到什么影响和冲击，程小柔上高中的时候，就常常看到老两口手牵着手一起出去晨练、散步，十分幸福。由于老程同志从来不在家里提所长的这些事，所以是不是真有那么一段旷世恋情也成了未解之谜。偶尔程小柔也会感叹一下，如果两人曾经要好过，那么这男人真是无情的动物，上了年纪也不能影响他渣男的本质，感情都是来得快去得也快，不知道几百公里之外的那位奶奶是不是也像他一样潇洒地安度晚年。

如今旧事重提，虽然没了打掩护，曾经经受过考验的老程同志也已经退休多年成了老头儿，两位恋人更是已经年届八十，居然还会去海边小城约个会。程小柔听完简直觉得又浪漫，又不着调。她忍不住八卦："爸爸，你都六十多了，还要去当电灯泡吗？"老程同志喝了一口酒："别瞎说。就是很多年没见了，大家都很想念嘛。我还现学了用导航，现在这些路都是新修的，不然真找不到地方了。"方先生听说是开车去的，就问："你们干吗不坐高铁？开车多累啊。"黎女士特逗，总是背后补刀的那个，说："他们不习惯，以前出差的时候不都是公家派车嘛。"老程同志自然知道黎女士是奚落他，也不介意。程小柔又问："那边没有人招呼你们？"

其实程小柔小时候也有好几年跟着老程同志去过这个海边的度假村的，大人们开会，小孩子在度假村里疯玩，当时在同龄的孩子里这种经历也算是很前卫的。"谁招呼？以前合作的人也都退休了啊。"老程同志随口说着。

程小柔听着，忽然感到一丝丝的悲凉，这三人干得风生水起的时候，也跟现在的年轻人似的，"粪土当年万户侯"的模样，如今英雄迟暮，出门不认路，胆小怕被骗，连陌生的餐厅都不敢进去。

大家又聊了会儿别的，程小柔还是忍不住地三八，问："陈奶奶没有要求跟着吗，没有跟你打听什么？"老程同志说："那倒没有，就是出发前特意爬了五楼给了我一包药，上面都是她手抄的说明，让我提醒你陈爷爷每天三顿别忘了吃。"听到这儿，黎女士就在一旁感叹说："看见了吗？关键时刻还是自己的老婆，这个世界上除了你老婆，还能有哪个跟你没有血缘关系的女人关心你的死活？所以你们俩男人，都好好反思一下，还带红颜知己出去故地重游，合适吗？特别是你。"黎女士指着方先生教育。方先生赶紧放下筷子，一本正经地说："阿姨您放心，就算我要带着红颜知己出去旅游，也得程小柔跟着，因为我又不会开车，也没有钱订旅店，卡都在她身上。"

酒过三巡，老程同志已略有醉意，大概也是上了年纪，感情变得细腻起来。原本已经没人再提海边的故事，老程同志不知道为什么竟主动讲起了细节。据老程同志描述，那位周奶奶虽然已经年届八十，但依然非常美丽得体，这趟出门是她提议的，她跟陈爷爷已经十五年没有联系过了。"那怎么又联系上的？我听小柔说他们都退休很多年了。"方先生被燃起了兴趣，追着老程同志讲故事。"你陈爷爷家一直保留了座机电话，这么多年了，连营业部都找不到了，每次交电话费都特别困难，但是他一直都没有把电话停掉。周总工就是打了这个电话找到他的。"老程同志说到这儿的时候似乎自己都有点儿被感动了，拿起酒杯自己干了一杯。

座机电话，现在说起来有些陌生了，程小柔上大学的时候寝室里还装着一个，每天晚上黎女士会以打座机省钱的理由，检查程小柔是不是住在宿舍，以免她擅自夜不归宿。那时候在寝室打长途还得去书报亭买电话卡，五十元一张，使用了那种电话卡，长途每分钟才一毛钱左右，十分划算。回忆起来像是昨天发生的故事，但仔细想想真的已经过去十几年了。所以，陈爷爷是为了等一个人，保留了十多年前的一个老习惯。

"老所长还没退休的时候，每天早上都会提前四十分钟去办公室，然后跟周总工通个电话，每次大概二十分钟，坚持了四五年。"老程同志继续讲着故事。

"你不是说没有的事吗？"黎女士忽然来了兴致，充满了潜台词和那种"我就说有事儿吧"的胜利之情!

"嘿!什么叫有事儿,什么叫没事儿?人家天天打电话,有时候一起出差也不避讳我,说的真的都是一些工作上的事情,哪个项目怎么进行,哪个课题如何申报,国家政策怎么理解,最多就是再说点儿哪个下属给惹了什么麻烦,根本没有儿女情长,反正我没听到过。"

"那当然了,谈情说爱还能当着你的面吗?"大概天底下所有的女人都有同理心,黎女士笃定地表达着,狐狸精就是狐狸精,高学历、高职位也不影响她是狐狸精的本质。

"妈,你能不能别打岔?"程小柔要是再不喊住黎女士,估计老程同志就不会再继续讲了。

"周总工这次来,就是要见见老朋友。是她女儿陪着来的。我们开着车,去了当年第一次开会的地方,那儿已经变成一个大的度假村了,而且跨海大桥也架起来了,不用非得再坐船进去。"

"岛上变样了吗?你们吃韭菜扇贝水饺了没有?"黎女士关注的点很逗,韭菜扇贝馅的饺子不知为何总让她念念不忘。

"岛上建了些新房子。但是没太有人住,年轻人都出来了。饺子没吃到,找不到放心的店,不敢乱吃。我们找了家看着还行的面馆,吃的炸酱面。别的他们俩也嚼不动。"

"老了有啥好,吃不动玩不动的。"黎女士撂下一句,扬长而去，说要把粥热一热，无论方先生怎么强调已经饱了，她都觉得是孩子在跟她客气。

老程同志也不管黎女士的打岔，继续讲着故事："加上来回一共待了三天，没什么可玩的，都不认识了。走的时候，我去送的，心里还挺不舒服。"老程同志作为一个老年的钢铁直男，显然是找不到合适的词语表达他复杂的心情，"那天回来直接去了火车站，以前送人都能上站台，现在高铁也没有站台票了。就送到安检的那里，人很多，乌泱乌泱的。你那个周奶奶就跟陈爷爷握了握手，说'见了这一次就行了。这辈子就这样吧，往后你好好的。见不到啦'。然后两人也没说再见，摆了摆手就走了。哎呀，人这一辈子，真没意思。"

老程同志跟程小柔和方先生干了一杯，程小柔以酒太辣为借口抹起了眼泪。方先生很识趣地评价起这陈年的茅台，成功转开大家的注意力，就此算是给这个感人的、不符合道德标准的爱情故事画了个句号。

饭后，程小柔送方先生去酒店。北方的秋天，夜晚已经有些冷了，空气也是一年中最好的时刻，能够清晰地看见几颗星星。这座小城不像北京、上海，晚上八九点的时候，路上已经没太有车了，连出租车都多是亮着绿灯显示空车，漫无目的地奔跑着。

"咱们在这里买个房子吧。"方先生忽然说，"咱们总要买个房子，我觉得至少得挨着一方老人近点儿。我们家是四线城市了，没有投资必要。不如就在这儿买吧。"

程小柔觉得很奇怪，好不容易离开了，为什么还要在这里置业。方先生看到她的疑惑，就解释说："我们买了算投资，先让父母住着。他们现在住的房子是很好，但没有电梯，他们上了年纪再爬楼就很辛苦了。如果他们以后跟着咱们在北京或者上海，那就把房子租出去，也有租金可以收，不是挺好吗？"

程小柔听着方先生这牵强的理由，忽然很想停下来使劲儿抱抱他，但是忍住了，嘴上不饶人地说："说这么一大堆，还不是因为在上海买不起！"

他们牵着手慢慢走，程小柔忽然问方先生："你觉得周奶奶和陈爷爷之间的是爱情吗？"

方先生想了想说："所有值得被纪念的感情，都是复杂的吧。父母和孩子也能像朋友，朋友之间还能像亲人，如亲人一样的夫妻之间还能有爱情，都是美好的。"

什么情比金坚，什么至死不渝，似乎都不如好好珍惜当下、珍惜身边的人来得更有意义。几天前，陆荻给程小柔的那记闷棍，彻底地随着家乡的北风，烟消云散了。

13

生病是女强人的标配

只要天上下雨，地上就会湿的。你往前走一步，他一定会走那剩下的九十九步。所有人，都会这样。

陈灿和梅郝终于忙完了各自的事情见了面。

她们从大学相识，至今已经将近二十年了，虽然嘴上喊着永远年轻，但也即将四十岁了。她们之间处理矛盾的办法，自然要比程小柔她们成熟得多。

梅郝出差回来，第一时间带着笙笙来到老房子见陈灿。陈灿也把从美国带回来的礼物一样一样拿给笙笙看，笙笙喊着"大妈妈最好"，高兴得满屋子打滚儿。阿姨哄着笙笙在一边玩，陈灿准备跟梅郝说自己已经做好了准备，接受她的建议，先做市场。

可是，梅郝要跟陈灿商量的是，她已经考察好了，现在分时段共享空间比较流行，她觉得可以把老房子分时段租给瑜伽会馆和其他的工作坊，挑那种不闹、不会弄脏弄乱屋子的，这样的话就不用担心老房子的租金和费用了，还能赚到不少钱，然后留出时间段来继续给陈灿做她的画画工作室，培养开发小孩子的审美，而不是那种为了比赛、考级而开设给孩子的课程。至于之前出资人要拿回的钱，她已经跟那个朋友协商好了，这钱咱们什么时候赚回来什么时候给他，也不能为了救他把咱自己为难死，毕竟造成现在这副模样也不是咱让他这么干的。

陈灿听完了有点儿疑惑，她不知道这一个月发生了什么，为什么梅郝会有这么大的变化。她怕是自己之前的表现让梅郝心生不快，所以一再确认她是否真的想好，也一再跟梅郝说："我可以给大孩子上课的，都是教书育人的快乐，其实自己调整好后觉得并没有不同。"

梅郝摇头说："不要，灿灿。这么多年来，我觉得最珍贵的就是你没有随波逐流，你还是如咱们年轻时一样，很纯粹地生活在这个世界上，我从没有在你身上看到妥协、看到人与人之间的尔虞我诈，这是我为什么愿意一直跟你做朋友的原因。你是我想象中的我应该成为的模样，可惜我现在不是，所以，我更不能让你变成第二个如今的自己。我们总以为面对困难必须怎样，不得不怎样，其实不用，换个角度想想，肯定有更多的解决办法，只不过就是一些预计中的经济损失和也许永远都不会出现的担忧罢了。"

她们聊了一晚上，笙笙和阿姨都困得睡在了地板上，陈灿给他们盖上被子。最后一个放心不下的问题就是笙笙怎么办，原本可以每天都来这里的。梅郝说公司要派她去苏州组建分公司，那边已经安排得差不多了，幼儿园也已经找好了，笙笙跟她过去就可以直接送幼儿园。王勇说周末的时候会去苏州看笙笙，其他的也没什么要担心的了。陈灿一听到梅郝要离开上海了，不禁有些难过，梅郝就劝慰她说苏州离上海这么近，再过几年可能坐地铁就能到了，快别这么可怜兮兮的。那一夜，她们互相嘱托了很多，不要拼命、注意身体之类的，也不知睡着的时候是几点钟了。

程小柔从老家回上海之后，就开始了毕业创作，陈灿在电话里跟她说了老房子的事，程小柔虽然觉得有点儿可惜，但她想这一定是梅郝和陈灿想出来的最好的解决方案了。陈灿说她在附近新租了房子，每周还有三天的下午会去老房子带孩子画画，只是不能再继续给程小柔提供工作了，很抱歉。但是，希望友谊继续。程小柔说好开心，老板终于变成了好朋友。

只是，不知道是因为各自忙碌还是因为别的，2013年的春天来临之前，陈灿和梅郝一次也没有见过。程小柔在上海，跟陈灿见过几次，她们聊起梅郝，陈灿居然知道的还不如程小柔多。梅郝有一次送笙笙回王勇家，临时约了程小柔，程小柔问陈灿怎么没来，梅郝说她正在上课。程小柔也摸不准，她总觉得这两位姐姐之间似乎横亘着什么，虽然看上去她们还是那样相互关心着。

那年的春天来得很晚，直到三月份了上海依然每天阴天细雨、寒气彻骨。程小柔搞完了毕业作品展急匆匆地回家，虽然婚礼不用她操心，但是婚纱照请柬之类的总不能再麻烦老爸帮忙准备，她跟方先生为这些事也忙得不可开交。

陈灿的生活一切如常，老房子的租约火爆，除去应付的房租，账面上每月还有盈余，她自己的小班课程没有了任何生存压力，来的还是那些志同道合的家长，带着不慌忙成长的孩子。陈灿是佩服梅郝的，自有这个老房子以来，遇到的各种问题，其实都是她冲在第一线解决的。如今分隔两个城市，见面也少了，她偶尔会主动跟梅郝打个电话，问问笙笙怎么样，她自己如何。梅郝都说好着呢，放心。

有一天下午，忽然出了太阳，温度终于开始回升了，陈灿正好刚上完一节课，她大开着老房子的大门和窗子，好让阳光能晒进来。忽然听到院子里有人喊她的名字，陈灿应声出来，一看来人居然是王勇。之前除了来这里接笙笙，王勇从来没有主动来过老房子，陈灿很意外，请王勇进屋。王勇说不用，一会儿还有事儿，挤了点儿时间过来的，有件事想来想去还是得当面跟她说，陈灿一听这语气心里就一阵紧张，忙问是梅郝怎么了吗，王勇点点头。他说刚刚接到阿姨的电话，阿姨在梅郝的车里发现了她的体检报告，显示不太好。但梅郝从未在家里提过，阿姨怕梅郝拒绝治疗，所以给他打了电话。

陈灿听了如五雷轰顶一样，一时间说不出话来。王勇说："陈灿你别急，这事儿只有你去劝她，钱的方面一定不要过多考虑，笙笙还这么小，不能由着梅郝的性子来。你想个办法去苏州劝她，我就当不知道，等她自己跟我说。拜托了，你一定把她和笙笙带回来。"

陈灿不停地点头，心里一片混乱，她送走王勇，就给梅郝打电话，梅郝果然像没事儿人一样，问她有事吗，陈灿支吾地说没什么，就是问问你在干吗，梅郝说在公司准备开会呢，晚上下班再说。

晚上陈灿一直攥着手机，也没有等到梅郝的电话。她一宿没睡好，外面有点儿动静她就醒，好不容易挨到天刚蒙蒙亮，她打了个车奔去虹桥，买了去苏州的高铁票。火车进站的时候还不到八点钟，车站全都是日常通勤的人，多得不得了。嘈杂里陈灿才发现她没有梅郝在苏州的家庭住址。火车上陈灿拿着手机犹豫着，她得给梅郝打个电话，可是她又怕梅郝接起电话来说一切都好，那样的话陈灿都不知道接下去该问些什么。上海到苏州的车程很短，陈灿还没想明白下了车去哪儿，车子都快要到站了。好巧不巧的，就在这时候梅郝的电话打进来了，陈灿一下就接了起来。

电话那头梅郝意外地说："还以为你没起呢，怎么接得这么快？"陈灿下意识地嗯了声。梅郝说："灿灿，我在医院排队拿结果看医生，我想了想还是得给你打个电话，让你给我壮壮胆。"

　　陈灿眼泪一下子就出来了，她怕让梅郝听出来，就笑着说：
"巧了吧，我刚下火车，就在苏州站，正想着给你打电话问你在哪
儿呢。把医院地址给我吧，我去陪你壮胆。"

　　陈灿打了个车赶到的时候，梅郝还坐在候诊室里，陈灿一眼就
看见了孤零零的梅郝，她两步走过，使劲儿捶了梅郝的肩膀，说：
"你这家伙怎么能现在才想起来给我打电话？"梅郝笑着说："现
在乳腺出问题很多的，我找个好大夫配合治疗就好了，觉得不用
兴师动众嘛。"陈灿说："那你就别找我啊，怎么又想起来给我
说？"梅郝认真盯着她问："你生气了？我想了想如果万一，我是
说万一很快就……你得替我养笙笙，所以还是得和你说一声。"

　　当了妈的女人，最柔软的肋骨永远是孩子，原本一身潇洒的梅
郝，提到笙笙的名字就不行了，侧过脸去捂着眼睛说不下去。陈灿
一手拍着她的肩膀，一手从包里摸着纸巾，眼泪也噼里啪啦地全都
落在了包上。

　　两人快速地调整了一下情绪，梅郝问陈灿怎么知道的，陈灿就
照实说了。梅郝听了也没说什么。两人又等了一会儿就轮到梅郝，
陈灿陪她进去。专家看了检查报告，也是说百分之七八十怀疑是恶
性的，但是问题不大，手术之后痊愈率很高，叫她不要担心，但是
一定尽快安排手术，不要拖。他又询问了梅郝是做什么工作的，

梅郝如实说，老专家就叹着气说："你们啊，放着好好的家庭主妇不做，非要去做女强人，这些病都是女强人的标配，自己想想划算吗？往后一定要把生活放在第一位啊！"

从医院走出来，两人的心情都好了许多，虽然检查结果不是很好，但是有陈灿陪着再加上老专家的判断，多少都安慰了梅郝。陈灿建议说还是要回上海，毕竟好的医院和熟人都在上海，手术也得回上海做，梅郝同意了。两人带着笙笙和阿姨，开车往回走。路上，笙笙快快乐乐的，并不知道发生了什么事，一会儿问妈妈什么时候可以再去幼儿园，一会儿给妈妈唱在幼儿园学的歌，虽然听半天也不知道她在唱什么，但她们都觉得这是世界上最好听的歌。陈灿感谢了阿姨，阿姨跟了梅郝三年了，平时话很少，干活儿、带孩子都特别利索，是四川农村来的，四十几岁，其实也没比梅郝和陈灿大多少，从外表看上去像是两代人似的。阿姨很羞涩地笑着摇头说，不用谢，好好治病不怕的，孩子还小又这么好，不要不听医生话，一定要听话。

坐在前排的梅郝和陈灿透过后视镜看着阿姨，点头笑着。梅郝排队过高速路口的时候，转脸看着窗外，发现了新大陆一样，说："你们看，白玉兰都开花了。"

白玉兰花，是上海春天的闹铃，她们盛开的时候，是真正的春回大地。

下了手术台回到病房，睁开眼睛，陈灿给她说的第一句话就是："孩子还得你自己养啊！我以后老了，多半也得花你赚的钱。"麻醉劲儿还没完全过去的梅郝，迷迷糊糊地说："那你好好伺候我，以后听话，别闹脾气。"好人总有好报。梅郝手术的化验结果很让人欣喜，在临界点上，还没有恶变，是良性的。

韩寒曾经说，世界上最美的词就是"虚惊一场"。出院之后，陈灿陪着梅郝找了一个挺好的中医调理身体，那个中医是个女大夫，跟梅郝她们年龄差不多，也是四十几岁。梅郝说她手心软软的很温暖，说话慢条斯理，一边号脉一边跟她聊天，从小聊到大。梅郝之前很少跟外人唠家常，她自己也奇怪为什么会跟这个女大夫说那么多。很多事她自己平时都想不起来的，比如小时候谁督促她学习，为什么成了学霸，寄宿学校里跟谁一起洗澡、吃饭，等等。

聊天的时候，梅郝也没觉得这些往事跟自己的病有什么关系，那个医生只是说所有的病都是性格使然，凡事不要太执着、不要太要强，这些小毛病就不会找上门来。再有就是，跟爸爸和妈妈要亲近一些，和妈妈的关系，就是我们和自己身体的关系，你无法理解母亲，就无法好好地爱自己，你都不爱自己，身体怎么会爱你。跟爸爸的关系，是你跟你先生的关系映射，这段关系处不好，是没有办法经营好婚姻的。

梅郝听着大夫慢悠悠的忠告，她没有办法立即理解，也不能准确判断是否有道理。但她认真想想，确实是因为跟父母太过疏离，所以才习惯了独来独往，以至于明明很爱王勇，却宁愿选择离婚也不愿意为他改变什么，还一度标榜这叫独立。自己拼命地工作，好像也是因为没有生活，她害怕停下来、害怕独处，所以从读书开始，把自己逼成学霸，也是为了把所有的时间都用掉，这样就不会有独自一人没事儿做的时候了。她身体曾经无数次发出过求救信号，她都没有在意，因为她习惯了用忙碌来代替所有的感觉。

笙笙每天晚上都要腻着梅郝一起睡觉，就算是睡熟了，她也会蹭到梅郝身边。梅郝搂着她，终于发现，就这么躺着，什么也不干，荒废着时间也很好。梅郝暗暗给自己定了一个任务，她要带着笙笙回一趟家，晚上就像笙笙这样也腻在妈妈身边，从不再埋怨妈妈和自己不亲近开始，跟过去的自己一一和解。

一个女人，一生至少有一个好闺蜜，是妈妈；如果你做了妈妈，又生了女儿，那么你就又多了一个。多么幸福啊。

梅郝从想明白这些事情之后，也忘记了病，身体自己慢慢好了。

陈灿忙前忙后地照顾了梅郝一个多月。从那天梅郝迷迷糊糊地说"别闹脾气"那句话的时候，她就知道，她俩刻意躲着的、谁也不愿去碰的小隔阂终于跳过去了。可人为何总是这样笨拙这样傻，为什么总要面临生死的考验才能完成这些都称不上难的人生小课题呢？如果不是梅郝的这场病，陈灿不知道横在她们之间那堵不冷不淡的墙到底什么时候才能被推倒。

事情是好解决的，但感情特别难恢复。好在，她俩用的时间并不长。

这一系列的事情，程小柔都不知道，她忙到老家已经热得要穿T恤衫的时候，给两位姐姐打电话说请她们来参加婚礼，陈灿才告诉她梅郝做了手术尚在恢复中，就不长途奔波了，等彻底好了，在上海补一个。程小柔听完，直埋怨她们这么大的事儿为什么不说，梅郝就劝她说："什么大事儿啊，这不是没事儿嘛，你快忙，结好婚赶紧回来干活儿赚钱，说不定以后姐姐们养老得靠你呢。"

虽然相隔两地，仅仅从电话里，程小柔能听出来，陈灿和梅郝又如她刚认识的那样，是经历过生死和时光考验的老闺蜜。

14

为了亲妈的战争

风调雨顺后，该有的都会有。小满，是世间最美的词。

陈灿跟梅郝和好如初。

程小柔跟大盛的故事，也在程小柔婚礼之前峰回路转了。

这事儿还得多亏方先生，程小柔每次去北京或者方先生回家都要跟人家叨叨大盛，方先生听多了就嘲笑她说："两人加起来也六七十岁了，至于吵吵闹闹的像是两个幼儿园小朋友一样吗？心里怎么想的就直接去做，大不了就是给对方低低头认个错，如果你还觉得对方很重要的话。"程小柔也自我反思，她似乎从小就是这样的，冷战中宁可折磨自己，就是不肯先迈一步，无论是在友情里还是在爱情中。

程小柔知道，她还是要跟大盛道歉的，只不过自己没找到台阶。

弄完毕业作品的第一个早上，程小柔发现上海倒春寒，窗外居然飘着雪。她顺势抄起电话来就给大盛打了过去。

"哎哟，上海今天下雪了。"程小柔这第一句话，说得就像两人昨晚还互道过晚安一样。

"北京今年一场没下。你开空调了吗，冷不冷？"大盛的这句问候，也不像是两个一年多没联系的朋友要说的话。

她们似乎真的就像什么都没发生过一样，没有人对去年春天的事情提任何一点点。只是在要挂电话的时候，程小柔问了一句："你没有什么事情需要我吗？"大盛停都没停地说："正好，陪我回趟老家。"

　　大盛说，老爹找的后老伴儿已经闹了一个多月，非要让老爹立即把家里唯一一套房子过户给她。老爹起先还有些犹豫不决，给大盛打了几个电话商量，大盛说不同意也就算了，谁知道前两天忽然就非得让大盛回家签字，说不过户就得离婚了。七十多岁的老爷子也不管女儿是不是在上班，一天七八个电话地打，最后大盛实在没办法了，说你们都等着，我回去处理。对方有儿有女，而且都在当地，能闹到这个份儿上显然那些哥哥姐姐也已经摆开架子要抢房子。她说自己回去多少有些底气不足，正好想打电话给程小柔问她有没有时间陪着呢。

　　程小柔听了之后，二话没说直接把回家的火车票换成去沈阳的机票，说："明早就飞，我陪你。"

　　两人在沈阳机场会合，又换了大巴车，要坐五个多小时才能到大盛的老家。虽然已是春天，但东北还是冰天雪地。大巴车上开着足足的暖空调，这样一来更加难受，靠着窗子的这半拉身子被漏进来的冷风刺得快没了知觉，靠送风口的那半拉身子则被热风吹得直冒汗，程小柔小范围地调整了好几下位置，都不起作用。大盛坐在靠过道的那个位置，左右身子和程小柔的体验正好相反，过道里的穿堂风也是像小刀片一样。

"这大巴车得跑了多少年了？感觉四处透风撒气啊。"程小柔抱怨。"小地方可不就是这样的嘛，只要还能开得动，都舍不得扔。"大盛有一搭没一搭地说。"也是。所以啊，万一房子被人硬要走了，你也千万别动气，左右你都不会回来的，看这个经济状况，以后也不会值多少钱，实在犯不着真生气。"程小柔要抓住一切机会先给大盛打好预防针。虽说无论从法律还是道义上，这房子都不应该被抢走，可是人穷志短，既然那边这么能闹，自然有可能会出现有理说不清的局面，到那时候光拖着大盛估计也得把她给耗死，所以只能先想着吃亏是福了。

"你放心吧，我有心理准备。我主要是担心我爹被欺负，他这么大年纪了，也不知道那一家子人怎么折磨了他，不然他也不能一天给我打那么多电话催我回来。"大盛该理智的时候还是很理智的。程小柔想了一下，给大盛建议："不行就把房子卖了，存起来给老爹养老，后面他年纪也大了，你早晚还是得把他接到身边住着。"大盛皱着眉头，脑袋摇得像拨浪鼓一样，说道："一说这个我就头疼。早晚得接他过来，接过来了就得租套大一点儿的房子，至少不能合租了，钱呀钱呀，每月的工资就都贡献给房东了。"

　　这真是漂泊在异乡的年轻人最伤感的话题了。大盛说，想想真亏，都三十四岁，还跟别人住着合租房，共用一个厨房一个卫生间。读大学的时候还想，以后的家里一定得有个嵌满整面墙的书橱，得有一个巨大的木头浴盆，卧室还得有个老榆木的五斗柜，也不知道什么时候才能实现，难道这一辈子都实现不了了？

　　程小柔就拍着她的大腿说："你等着，姐们儿一定帮你把房子要回来，至少有个地方可供你放木头浴盆！"两人又吐槽了一会儿租房子的痛苦，租房子永远只能奉行极简主义，买东西首先考虑的是以后舍不舍得扔，随时都得做好搬家的准备。大盛还说："羡慕你啊程小柔同学，你终于有自己的房子了。"程小柔说："我们又不会在老家生活，回到上海不还是一样租房吗？"大盛就感慨："那也不一样的，租房子也分有没有男人一起租。"程小柔不明白，大盛说，"很简单啊，至少搬家的时候有人帮忙。"程小柔笑着打她说"瞧你这点儿出息"，但心里挺难过的，如果此时是陆荻说羡慕她，她还会有点儿得意，但是换了大盛，她就心疼了，又想起了那个叫老蔡的男人，他一定已经消失在大盛的生活里了。

　　程小柔和大盛一路互相打气，推开家门的时候，就差拎着菜刀了，气势汹汹地想着怎么给年迈的老父亲做主、怎么智斗，不行就手撕那个不懂事的阿姨及其子女。

往往精心准备的事情都不会按照准备的套路发展。她俩谁也没想到，那天晚上跟她们谈房子的竟然是大盛的爸爸。老爷子像是糊涂了一样，翻来覆去地替阿姨解释，说人家提的这要求也不过分也有道理，一日夫妻百日恩，自己已经退休了，每个月就那点儿退休金，除了房子也没有别的能给人家表示表示夫妻恩情了。大盛听得眼冒金星，说："爸爸啊，你咋想的，你闺女还没有结婚你都不操心给她存点儿嫁妆吗？你干吗急着给这个不知道哪儿来的阿姨表忠心呢？如果你现在把房子给她了，阿姨明儿就把房卖了卷钱走人，你是能追得上人家还是能怎么地啊？"老爷子也不是听不懂，一时没了言语，但也不说那就算了，抽着烟唉声叹气，再加上还有程小柔在场，气氛真的是尴尬到了极致。

"叔叔，我是个旁观者，有个建议，您听听怎么样？"程小柔想着得把路上她和大盛商量的对策提了，虽然当时的革命对象是阿姨，但办法至少还是经过深思熟虑的。

"你说，你说。我知道你是家家的好朋友，她每次回来都说你的。"其实大盛的父亲是个很温文尔雅的人，七十多岁了，说话还是轻声细语的，而且思维也并不混乱，也不像是程小柔印象中的小地方人那样没有见识，毕竟年轻时候确实是读过书上过学的。

"叔叔，您现在身体还很好，以后日子还长，咱不是说不相信别人，但毕竟是半路夫妻，阿姨那边也还有自己的孩子需要帮衬，而您这里呢也就这一套房子值钱，这房子得留着给您养老，所以家家才不同意您现在过户给阿姨。可是，我们也理解您对阿姨的感情，咱们取个折中的办法。您立个遗嘱，如果阿姨能够伴您左右直至百年之后，那么您走后就把房子留给阿姨，家家总归也不会回来生活的，这房子卖的钱也只够她在北京买个洗手间，她肯定不要。这样的话，您养老有保障，阿姨也能有个回报，您想想？"

程小柔尽量说得很慢，关于逻辑是否合理，她也已经在脑子里过了一遍又一遍，因为现在要说服的不是外人，而是大盛的亲爹。

"爸，我真不是要这个房子，我是担心您人财两空！"

"我明白了，我觉得行，我去跟你阿姨说。立遗嘱，等我死了把房子给她，我要是得什么大病，也不会卖房子治病，总之，最后留点儿东西给她，就算谢谢她这些年照顾我。"

老头儿掐了手里的烟，起身回屋。程小柔看了看表已经夜里十二点过了，他们足足谈了四个小时，口干舌燥再加上满屋子的尼古丁，程小柔和大盛的眼睛都红得像兔子一样，两人连脸都不想洗，歪在床上，舟车劳顿再加上天寒地冻，身上的疲乏在这一刻喷涌而出。不知道就这么过了多久，大盛才嘤嘤地说话。

"我爸也可怜，咱才三十多岁，说了一晚上都累成这样，他回屋去还得继续说啊！"

"不说怎么办呢，年纪再大，女人也还是女人，男人也还是得哄女人啊！"

"唉！我咋没碰到我爹这样有情有义的男人呢？关键还好骗的！"

"你咋不说你不如阿姨用功呢？"

"也对。睡吧睡吧，第六感觉得明天得是一场硬仗。"

"好，为了养精蓄锐多睡一会儿，我啥也不想洗了，别嫌弃我。"

"同臭，你放心。"

那一夜，原本应该酣睡不醒，可不知是因为累过了劲儿还是晚上说多了话，程小柔一宿都在做梦，一会儿梦见跟方先生吵架，一会儿梦见房东上门赶她搬家，一会儿又是读书时候考试做不出卷子，最后是大戏演出站在台上忘了台词，急得她都要哭了，终于被冰雹暴雨一样的敲门声给叫醒了。

"谁啊？"大盛一宿没有脱衣服，囫囵个儿地从被窝里坐起来，冲门问道。

"家家，你们起床吧，你爸爸做好早饭了，吃着饭咱们说说话。"阿姨中气十足的，听上去根本不像是叫孩子吃饭，就像是喊敌人上场准备开战。

"好，我们马上来。"大盛扬声对外回应，转而又小声跟程小柔说，"你状态如何？号角已经吹响了。"

"我做了一晚上乱七八糟的梦，生了一晚上的气，正好不知道朝谁发！"程小柔虽然声音很小，但咬牙切齿。

推开门的一瞬间，还是吓了她俩一跳，屋子里乌泱泱地坐了很多人，老的少的，程小柔自然是一个也不认识，大盛姐姐姐夫哥哥嫂子地喊了一圈儿，还有两个小孩子管大盛叫小姨妈，程小柔心想，敌我双方实力完全不在一个档次上啊。

桌子上果然摆了两碗面条，大盛爸爸坐在一旁的小凳子上，矮了大家一截，这种样子看上去就没有了底气，显然昨晚的工作没有成功。阿姨嘴上说着"你俩快吃吧"，可是一屋子的人都盯着程小柔和大盛，她俩哪里下得去嘴。大盛心想既然这样，那就快刀斩乱麻，谁都别拖着了，于是随口说了一句"先不吃了"，没想到这一句直接就炸了锅，起先坐着的那些所谓的亲戚，一瞬间都变成了点着的烟花和鞭炮，自顾自地嘹亮和灿烂了起来。

"老妹儿啊，嫂子劝你一句，你呀还是早嫁人，这家里没事儿真不用回，老么咔嚓远的，回来干啥呢！"这个中年妇女抱着孩子一开腔，程小柔感觉像是在看《乡村爱情》电视剧，扑哧笑出了声。大盛还好，冷静地听着自己的家乡话，面无表情。

发言过程当然是激烈而热闹的，每个人都找到了不同的角度跟大盛陈述了把房子过户给阿姨的好处以及必要，其间还都必须拉着大盛的爸爸点头认可。老爷子看上去心意已定，坚决地站到了阿姨那边，跟昨晚在大盛和程小柔面前完全不一样了。程小柔偷偷地看着大盛，她感觉到了艰难，这种情况下她俩一开口提反对意见，说不定会有被打死的可能。

"我说两句吧，你们也不用给我洗脑，我不会签字，我爹也过户不了，就这样。"

大盛的话简短明了，这肯定大大地出乎了那群亲戚的意料，以至于他们都没有办法及时管理好自己的面部表情，留在脸上的假笑，收起来的过程显得十分仓促和生硬。屋里有十几秒的时间，是安静到窒息的，中间小孩子咳嗽了一下都被嫂子下意识地打了一巴掌，孩子不明就里都要撇嘴了，嫂子才反应过来打错了，又赶紧地把孩子拥在怀里揉搓了半晌。这一下提醒了所有的人，他们齐刷刷地看向了坐在最低处的大盛的父亲。

"家家，你怎么这样说话呢？在座的都是你的长辈，这样很没有礼貌……"

"老盛，你自己的事情做不了主吗？这是礼貌不礼貌的事吗？"阿姨再也忍不住了，显然大盛爸爸的发言并没有说在问题的实质上。

"盛叔，说一千道一万，你家的事难道不是该你做主吗？"

"就是啊，她一个闺女家怎么能在这事儿上发表意见呢？咱老祖宗上就没有这个道理……"

是这样的，井然有序的、还讲情面的那个阶段必然是短暂的，现场很快变得杂乱无章。每个人都有很多很多的话要说，关键说的这些话还得被听见，就连远道而来、他们根本不认识也不想认识的程小柔，都被拉来拽去的当作倾诉对象，当然了，最惨的肯定还是大盛爸爸，他还坐在那张小板凳上，已经被围得看不见了。反倒是大盛，坐在大桌子旁边，没有人去招惹她，她就是在那里坐着，看着这些人群魔乱舞，一言不发。

程小柔不知道过了多久，她感觉自己的脸上被喷了好几个人的唾沫星子，脑子里嗡嗡作响，思绪绕着她这三十多年的生活跑了一圈又一圈，那些人依然在滔滔不绝。她根本没有力气说话，深刻体验到了秀才遇到兵的痛苦，也有些恨铁不成钢，为什么大盛的爹能够这么容易就被敌人攻陷倒戈了，又同情大盛，要不是妈妈走得早怎么会有今天这场闹剧呢……总之，她已经想了好多好多，所有的人还在不停地说。

"阿姨，你不是要离婚吗？我觉得这是你和我爸两人的事儿，我们在这儿也没什么用处，所以我跟我好朋友就先走了，回去还得上班。"

大盛说这话的时候，手里拎着她跟程小柔的随身行李，就站在客厅中间，程小柔的身边。她什么时候进的屋子，什么时候又把包拿出来并穿过人群站在这里，大家居然都没有意识，连程小柔在内。这句结束语一出，全场又安静了。

"你什么意思？"阿姨终于忍不住，跟大盛开始了正面交锋。

"我所有的意思都已经说清楚了。昨天晚上我也让我爹提出了解决方案，那是念在你照顾他这几年的情分上，现在我觉得其实你们也没什么情分，我爹继续和你过得让你们家里人欺负死，所以说我同意你们离婚，但决不同意给你房子，连遗嘱也不行，我就是要房子，你要是想耗着，那就耗！房产证我带身上了，你们现在敢动手抢，我就打110，号码我都按好了，你们动一下我就按拨出。"大盛举着手机，屏幕确实亮着。

这场战役，对阵双方都明白，强攻无意义，因为无论哪条法律都不会保护抢房子的那群人，他们手里握着的砝码不过就是大盛的爸爸，七十多岁老爷子爱护续弦的一片真心。可即便是老爷子说我不认闺女了和你过，他还是没有办法独自一人完成房子的过户手续。所以，既然谈不拢，大盛就以最快的速度让大家把脸皮撕破了。

"那就离婚！"老太太高喊了一句。

"对，离婚吧妈，和这种人有什么好过的。"

"不过了，离婚离婚，妈我现在就带您走。"

老太太发了话，儿女们也气势汹汹地应和着，可是，他们没有一个人真的移动脚步。老太太看着大盛的爸爸，老爷子还在小凳子上坐着，也不说话。就这样僵持着，没有人再说话，最安静的时候总是孩子先沉不住气，小孩子拽着奶奶的衣角问："那咱们什么时候回家？"

这把难题丢给了老太太的儿女们，回家，回哪个家？回谁家呢？程小柔不小心看到了老太太那一刻英雄气短的表情，胸口就像被一根绳子莫名地打了个结，一阵闷疼，她赶紧闭上了眼睛。

"走走走。"老太太的女儿见大哥和嫂子都闷声不响，没好气地发了腔。

程小柔就看着他们骂骂咧咧地携着老太太出了门，整个过程大盛都没有显现出任何可回旋的余地，大盛爸爸则一直在那里坐着，没有任何表示。

他们下楼走在小区里，依然在骂着。程小柔恍惚了，这是在一起过了将近十年的一家人吗？

"爸，你别怪我，你要是觉得阿姨他们更可靠一些，那等我走了你可以再把她请回来，至于房子什么的我就不管了，我以后也不会再回来，你们俩好好过。"大盛走到老爹的面前，蹲下，握着爸爸的手，看着他的眼睛，一字一句地说着。

"谢谢你，家家，爸爸之前是老糊涂了，看不清人心，他们要是这样，等我老了怎么会管我呢？"

程小柔此刻想到了老程同志，他们爷儿俩好像从来没有过这样的谈话，他们从来没有这样相互客气过。

那天她俩没吃早饭也没吃午饭，却完全没有饿意。离开的时候，大盛爸爸把她们送到了小区门口，并一再告诉她们放心吧，这事儿过去了。大盛也一遍又一遍地重复着，随时都可以接他去北京一起生活，可是老头儿全都拒绝了，说老了就喜欢在家里。她俩打了一辆黑车去客运站，大盛爸爸就站在路边，一直到车子转弯再也看不见。

"你还好吧？"程小柔拍了拍大盛的肩膀，自己也长舒了一口气。

"应该还好吧。我自己都不知道。"

"歇一会儿，喘喘气。"

一路无话。

大盛买了到济南的机票，说是很久没有见黎女士了，正好也请了假，索性休息两天。在飞机上，两人缓过了神，开始回忆过去的这十二个小时发生的故事。

"你说那个阿姨会不会后悔？"大盛问程小柔。

"肯定会吧，真说离婚出门的时候，我看阿姨的儿子和女儿其实都没有意思带她回自己家的。我心里可难受了。"

"嗯，阿姨当时和我爸在一起，就是因为儿子要结婚，她把自己的房子卖了，给儿子换了新房，找到我爸后直接就搬过来了。"

"你说养孩子干吗呢，辛辛苦苦一辈子，最后连个家都没有。哎，我不明白了！她干吗要房子呢，就跟叔叔一起过不挺好的么？再说了立遗嘱这个提议对她也是有利的呀，她怎么就不能接受呢？"

"我听说，她女儿一直抱怨她只疼儿子，因为卖房子的钱全给儿子了，所以老拿话遛她，说是万一我爹先走了，只能她给阿姨养老，可是阿姨要是人财两空她就有心无力。我想，阿姨应该是让她撺掇的，想着现在就把房子拿到，这样的话也算给女儿个交代。"

"什么意思？她还想把这个房子留给她女儿？"

"那肯定的。"

"我去，真是人心不足蛇吞象啊。你都说不要了，她还要留给她女儿？"

"毕竟是妈，总会想着给自己的孩子的。"

程小柔知道，此刻大盛一定是想妈妈了，无论她怎么控制着自己的声音。

"小柔，这个房子怎么买的，别人不知道我还不知道吗？整个高中三年，我没有一件新衣服，无论回家怎么跟我妈哭闹都没有用，我妈一分一分地攒。后来我毕业找了工作，定期给家里寄钱，我妈也是分文没动过，就连她生病，还不是因为怕花钱不肯去医院才走的，我妈买这房子不容易，我不能就这么给别人的。"

"我知道，我知道！"程小柔不知道该如何劝慰坚强的大盛姑娘，只能不停地点着头。

"这房子在，我就觉得我还有家，因为屋里还有我妈妈的影子，我之前不爱回来也是因为不习惯在那个房子里看到别的中年女人。所以，我才会赶走我爸的老伴儿，我是有私心的……"

飞机平稳地飞着，程小柔使劲儿抽着鼻子，把头扭向窗外，夕阳很刺眼，她甚至比大盛还难以控制自己的情绪。

"我妈刚走的第一年春节，我回家之后就看到阿姨脖子上戴着我妈的金项链，当时就哭了。我问我爸怎么回事，我爸就说反正放着也是放着，阿姨正好没有，就送给她吧。我第二天一早赶紧跑出去，用年终奖买了一条更粗的，回去送给阿姨，把我妈的那条换了回来。你说男人是不是薄情寡义的？我从小到大看到的都是父母恩爱，我爸从来没跟我妈红过脸吵过架，我一直以为他们感情好得不得了。结果还不是这样，一条生不带来、死不带去的金项链，谁戴都一样。连他们一起睡过的那张床，换成了阿姨，我爸不也就习惯了吗？那床上铺的褥子还是我妈一针一线缝的呢。所以，哪有什么留下你或留下我，在世上独自终老这一说！"

那一刻，程小柔似乎明白了大盛为什么不肯好好谈一场所谓的恋爱。忘了谁说过，感情里的事情没有什么真金不怕火炼，所以千万别试。他说的，你都信就好，追根究底只能是自寻烦恼。程小柔感慨着："那些说着非我不娶的人，现在不都过得好好的！"大盛就笑着说："公平的，我们也不会真的非谁不嫁。"程小柔用手推着她，讨好一样地说："那就找个看着顺眼的嫁，反正都一样嘛！"大盛像个优等兵一样地点头，说："我尽力吧！"

大盛又弯起了她那月亮一样的眼睛，露出了两颗小虎牙。这不是强颜欢笑，程小柔知道，大盛穿过了一条大河，虽然扬起的风帆已经被打破，单薄的舢板也七零八落，但这一切都不会白过。

"会越来越好的，真的！"程小柔看着窗外忽然说。

"我觉得也是！"大盛不过脑子地应和着。

"大盛，对不起。"程小柔忽然转头过来，很认真地看着大盛的眼睛说。大盛愣了一下，瞬间眼圈就又红了，说道："干吗？是我对不起好吧！"

两人在飞机上，也不顾得邻座闭着眼睛的大哥是不是装睡，居然拥抱在一起。"反正你知道，我知道我错了就行了。"程小柔像说绕口令一样，在大盛耳边不停地重复这句话。"对不起"说出来没觉得轻松，反倒更愧疚了，想想自己说过的那些伤人的话，真是只有好闺蜜才会像现在这样不介意。

大盛拍拍程小柔的肩膀，推开看，认真地说："是我自己不对，其实我当初打电话给你，就是想让你骂醒我，心底里我也知道是非对错的，只不过自己不愿意承认罢了。我不光要道歉，还得谢谢你。"

程小柔眼圈也红了，而且她发现邻座的大哥在偷偷地睁眼睛，赶紧说："打住，再说就哭了！翻篇儿吧，你知道我难过了一年多了就行了！"程小柔自己说完，赶紧示意大盛不要再说，大盛一副"得了得了"的样子，扬了扬手，这事儿就算过去了。

飞机刚落地，大盛自己打电话给黎女士，说："亲妈啊，你给我包顿饺子吧，我可是太想饺子吃了。"黎女士说："你等着，我今晚包好速冻了，明天给你发顺丰快递到北京。"大盛乐得前仰后合，说："亲妈，我被顺丰快递送过来了，还有大概两小时进家门，你现在和面，我回去正好煮熟。"黎女士很激动，再见都没说就挂了电话，听着说话的节奏，都能想象黎女士已经去厨房拿起来购物袋，揣上钥匙下楼买菜了。程小柔在一边唉声叹气，说不知道谁才是亲生闺女。

　　大盛在程小柔家住了三天，跟黎女士汇报了回老家处理后妈事宜的全过程，受到了黎女士的表扬；又听黎女士分享最近一个月如何如何准备程小柔的婚礼等等，大盛毫不吝惜赞誉之词，夸得黎女士喜笑颜开。两人互相吹捧到没有底线，程小柔听得浑身起鸡皮疙瘩。晚上睡觉的时候，大盛和程小柔分了三个晚上，相互补齐了彼此缺失的这一年多的各种信息。比如，程小柔领了结婚证，巴黎电话后大盛就跟老蔡分了手，程小柔认识了两个姐姐以及她们各自的故事，大盛升职加薪了，等等。总之，回忆过去，想得起来的事情，都还不错。已经忘记的，就让它去吧。

　　唯一没有解决的难题就是，大盛还单身，并继续叫嚣着要找男人。

15

最危险时想到的人
最适合一起养老

程小柔结婚的第三年，顺利怀孕了。所有的收获里，一个新的生命，是上天最大的恩赐。

成为孕妇后，程小柔情绪变得十分敏感。方先生也把所有的工作彻底转到了上海，黎女士和老程同志也都跟随来了上海照顾女儿，即便这样，程小柔还要隔三岔五地闹闹脾气。梅郝和陈灿就时不常地轮流约她散心，并安慰方先生这是孕激素的罪过，生完孩子就没事儿了，方先生笑呵呵地说："你们以为我不知道吗？生完不还有产后抑郁症一说。"梅郝笑说："把老婆伺候好了，抑郁症也有可能转移给先生的。"方先生表示压力很大。

梅郝恢复得很好，手术之后她调整了工作节奏，不再带那么多人冲在项目的第一线，专门负责审核把关这一块儿，收入和之前是没办法比了，但是轻松了许多。她说不能拿命换钱，因为后面还得再花钱买命，实在不划算。她家笙笙都已经要准备幼升小了，出落得像个小公主一样。王勇每周末雷打不动地回家陪孩子，笙笙知道父母是离婚状态，但她从没有过那种为难的时刻，就是觉得自己有两个家，要选择跟着爸爸还是妈妈。她从小就只有一个家，爸爸周末回来，妈妈一直在。

陈灿年年春节都会回湖北老家，跟哥哥一家联系多了之后，哥哥一家三口偶尔还会到上海来玩儿，她的家庭关系好了很多很多。

幼教室欠的窟窿早早地都填补上了，当时的出资人很快又东山再起了，曾经说要收回的投资最后也没收回去，还说要继续投资，被梅郝婉拒了。她跟陈灿正计划着再把老房子变回原来的样子，毕竟程小柔的女儿方真珠马上就要来了，总会需要这么一个能自由成长的地方。

大盛姑娘新换了一家外企，很多同事在澳洲工作，她托人家今天带这个钙片明天买那个奶粉，以一周一盒的速度给程小柔发着快递，搞得程小柔觉得大盛更像孩子她爹。大盛很认真地说："我必须得给娃好点儿的，我这对象也不知道什么时候才能找到，万一孤独终老，你的娃必须是我的娃，得给我养老送终的。"

后来大盛还闹过一次笑话，他们公司组织出去旅游，也忘了是哪个城市的主题公园，天不怕地不怕的大盛坐过山车，坐了两遍还不过瘾，终于排上第三遍的时候，过山车在半空中出故障了，大盛算是运气好的，没有被倒悬在空中，但是前后都一片尖叫，着实也吓到了她。情急之下她哆哆嗦嗦地给程小柔打电话，刚接通就喊："我要是死了，你帮我照顾我爹，抚恤金放在你那儿，给他买个理财，按月发给他，特别是再有新的小老太太，绝对不能给他存款。要是存款花完了我爹还在，你得当做慈善给他养老；要是没花完他就死了，那钱你给咱闺女当嫁妆，一定要告诉她是大盛阿姨留给她的！程小柔你听明白了吗？"

"我听明白内容了，但我不明白你怎么了啊？"程小柔顶着九个月的肚子，原本情绪就容易波动，这没头没尾听完了，直接坐在家里的沙发上张开大嘴就哭了。吓得方先生、黎女士、老程同志全都紧急集合，以为出了什么事。还没等再问第二句的时候，大盛姑娘那边的过山车就已经排除故障，慢速启动送回终点了。

方先生抢过电话去按了免提，问道："你那边出什么事了吗？"

大盛正排着队准备下车，听到程小柔的哭声，起先还以为听错了，后来方先生的声音也出现了，才觉得可能真的吓到了程小柔，赶忙解释："误会了误会了，过山车故障，刚刚以为自己要死了呢，胡说八道了，别哭别怕，现在在地上站着呢，特别好。"

程小柔这才破涕为笑，又骂了大盛几句这才算完。

仅仅隔了一个多月，程小柔生了女儿方真珠，还在坐月子。大盛又给程小柔打电话，说同事约她下个月去香港买商业保险。她已经想好了，受益人我就写方真珠。

程小柔正在喂奶，方真珠趴在她胸上吃得鼻子尖上直冒汗，她一手拍着娃一手拿着电话，说道："祖宗，方真珠才十八天大，而且我又没过继给你，人家能让你写她？再说了，你怎么能写她呢？

你应该写你爹啊！"

"正常情况下我爹应该是走我前面的，但万一他长生不老我又英年早逝了，那么我这份保险赔偿金自然是给他养老的。这个上次不是跟你说过了嘛！"

"上次说的是存款。"

"都一样的呀！存款加保险不就更多了吗？我更不能一次性给我爹了啊！我爹我太了解了，房子的事你见识了，后面说不定还有多少个小老太太等着呢，万一这钱落他手里，那他转脸就能送给某个老太太，那就真的一分也没有了。所以，曲线救国，留给咱闺女，你拿到赔偿金还是按月给我爹打钱，若是养完了我爹还能再剩点儿，那就算大盛阿姨给真珠的嫁妆了。"

"我反正觉得人家不让写，听着就不像正事儿。"

"我去问问！没道理不让写，那我说我遗产要捐给社会，他还能阻拦我不成！"

"什么乱七八糟的，就跟你有多少钱似的。"

"这倒是真的，别真等到闺女结婚了，我混得只剩下保险赔偿拿得出手，那必须得先死去了啊。不行不行，我得赚足了钱再死！"

"来得及的，她就算二十岁结婚的话，你也还有二十年的时间赚钱呢！"

"那来得及。说不定我还能找个有钱的男人，那就全解决了。"

"要不要脸！"

"不要的呀！"

虽然隔着电话，但程小柔能想象得到，大盛姑娘那弯弯的眼睛肯定又挂在了脸上，调皮的两颗小虎牙也一定蹿了出来。大盛说："你别逗我笑了，我都要冒皱纹了，那样我怎么嫁人啊！"

程小柔说："你不是要发家致富吗？做富婆的人都不谈恋爱的。"大盛哈哈大笑说："是呢是呢，快挂电话吧，我要去赚钱做富婆了。"

大盛会不会成为富婆并不重要，重要的是，她一直会是那个打不死、压不怕、永远都很开心的大盛！

16
尾声

我们在日子里的时候，不会有那么多感受的，因为忙着活。那些个酸甜苦辣和五味杂陈，都是过了许久之后回过头来再看时发出的感慨罢了。冥冥之中，自然会有很多道理，我们只不过是努力地一一践行着，说不清楚的那些，就是生命的价值和意义了。

方真珠的出生，将快乐辐射给了程小柔身边所有的朋友，如暖阳重回大地，没有一处没有光亮！发生在每一家的日常拌嘴和吵闹，都是实实在在的幸福。

黎女士伺候程小柔出了月子，就忙不迭地请假回了济南，说有非常重要的事情。行动之迅速搞得程小柔都没问清楚到底回去干什么。还是老程同志说的，她和大凤也不知道是听了谁的，非要回家去看养老投资。程小柔和方先生都不知道这又是什么新型项目。老程同志说他也没听明白，大概就是那种你可以付个房子的首付，算是押金，以后什么时候住什么时候开始还贷款，就等同于付每月养老院的钱，这种项目都是正常的住宅，你可以选择两口子一起，那种没有老伴儿的也可以选择单间或者多人间，还有几家愿意住在一起的，可以选择别墅。

程小柔和方先生听着叹为观止，说："现在骗子这么专业了吗？为什么听上去这么不靠谱呢？再说了选择这种项目，黎女士难道不应该和你一起去看吗？"老程同志说："那不是的，因为我不同意，你妈说她要和大凤一起养老，因为大凤从来不惹她生气，她让我在这里伺候你。"

程小柔觉得，艰难度过了更年期的黎女士，不但变更了年纪，似乎连精神状态都被变更了。原本就产后焦虑，她更担心黎女士被骗钱了，日日夜夜睡不好。老程同志就劝慰她，说："你害怕什么，你妈这种性格你还不知道吗？这事儿肯定成不了，等到真要拿钱，大凤一下子拿出来她会不开心，因为没有优越感，人家居然这么有钱；如果大凤拿不出来，那这事儿更成不了了。放心吧。"

程小柔和方先生不得不给老程同志竖了大拇指，说："姜还是老的辣，怪不得你稳坐钓鱼台呢。"老程同志给程小柔炖着鲫鱼汤，笑呵呵地说："嗨，过一辈子了，想装不了解都很难啊！"

黎女士果然没有三天就回来了。进门也不说回去看房子的结果，就说回去买了多少小米、多少大米、多少黄豆……都拿回来了，程小柔看着她一包一包地往外拿，心想这是来上海又不是去贫困山区，到底咋想的。只有老程同志一边收拾着东西一边表扬她东西买得好，黎女士很开心，完全不像不在一起养老的样子。

到了晚上，老程同志陪着黎女士出去遛弯儿，才试探着问："房子看得怎么样啊，为什么回来得这么快？"黎女士噘着嘴说："看什么房子，大凤也不早说，他儿子在美国定居了，说是再过两年就接她过去，你说哪有这样的，藏得这么深，以后人家是要去美国养老的，怎么会跟咱一起玩儿呢？我一听，就赶紧说算了吧，我自己去了菜市场买好了东西就回来了，还是看孩子重要。"

老程同志听了哈哈大笑，黎女士一下子就明白了他笑什么，狠狠捶了他一下说："笑什么！"老程同志赶紧忍住不笑，这也不行，黎女士觉得他还在发坏，抬手又要捶，老程同志三步并作两步就跑了。

程小柔刚哄方真珠睡着，和方先生坐在沙发看电视，黎女士和老程同志遛弯儿回来。黎女士也坐过来，看了一眼程小柔，就嘟囔："孩子睡了，你不赶紧去看看书？在大学里，肯定是得考博士的，或者去美国留个学也行啊！成天坐这里看肥皂剧，浪费时间。"程小柔被说蒙了，这雌激素闹得原本就情绪不稳定，忽然一阵着急，想和黎女士争论两句，还没张开嘴呢眼圈儿先红了，吓得老程同志和方先生赶紧把各自的老婆带回各自的屋里安抚。

两下里都安静了之后，爷儿俩站门口抽烟，交流信息。老程同志说："很简单，你妈妈又开始嫉妒大凤了，因为大凤的儿子在美国拿到绿卡了。你看着吧，接下来一段时间，咱们都不会听到大凤这个人的消息了。"方先生笑着问："这么大年纪了还闹别扭吗？"老程同志说："你不懂，女人在一起，多大年纪都一样。"

程小柔闲着无聊跟大盛姑娘抱怨黎女士差点儿上当受骗，回家还闹脾气。大盛却说："这个项目好啊，程小柔咱俩投资买一套吧，我同意和你们全家一起分享别墅的，给我留一间屋子就行，最好是一楼，我不要爬楼梯。"程小柔生气地挂了电话，她觉得大盛现在完全不能理解她了。

她又带着方真珠去老房子找陈灿和梅郝过周末，趁机又抱怨老妈。没想到她俩听了也说这个项目可以的，不知道上海有没有，或者周边也行，搞一个别墅，允许程小柔带着方先生住进来，大家一起养老，不要给孩子们添负担，毕竟以后方真珠和王笙迏都是要四海为家的。

程小柔从老房子里走出来的时候，觉得现在的女人们简直是疯了，这么明显的就是骗钱的项目，居然老的少的都信。

她抱着孩子站在路口等方先生来接她，明明出门约好的时间，左等右等不来，打电话不接，短信不回。老房子门口不好叫车，又赶上周末根本没有车，关键时刻还是陈灿，她跑出去两条马路打了一辆车，又开回来接上程小柔和孩子，把她们送到家门口。程小柔回家进门一看，方先生四仰八叉地喝着啤酒、啃着鸭脖，看美剧，而且目不转睛。程小柔瞬间就炸了，说你特么跟电视过吧！

方先生看了一眼手机，才反应过来忘记约好的时间了，连忙道歉。但是他看程小柔和女儿都回来了，觉得这事儿大概就过去了，又坐下继续。程小柔一肚子的委屈喷涌而出，什么抱着孩子的胳膊都快断了，打不通电话打不到车怕孩子受凉心里急死了之类，说得根本停不下来，简直觉得自己比白毛女还惨。方先生认为她小题大做，不想跟她争吵，也不说话，程小柔更生气了，关了他的电视，把遥控扔在沙发上，孩子就给吓哭了。黎女士和老程同志出去遛弯儿了，也没人帮忙。方先生本想过去抱孩子，程小柔就像是有人要抢她孩子一样，喊他滚。方先生就很听话地滚回了卧室。

程小柔坐在沙发上，抱着方真珠，好不容易给孩子哄睡着。她拿起电话给陈灿打了电话，说："姐姐你说得没错，以后确实不能指望男人，我看我妈说的养老项目真的挺好，我报名和你们一起，就我自己，不用带男人。至少老了你委托我打120的时候，我肯定不会因为忙着看电视给忘了。"

陈灿一听就知道那边又吵架了，笑着不搭茬儿，说："赶紧抱孩子睡觉吧，咱们离老还很远很远呢。"

大凤这个名字在消失了半年之后，又出现在了程小柔的家里。黎女士感慨着说："大凤给我打电话了，去了一趟美国，她儿子在那里就是一个在实验室的蓝领啊，下班还得去餐馆刷盘子呢，这不结婚也愁着没钱买房子。你看，这不是国外国内都一样吗？咋弄啊，她一个人，那点儿退休金，我都替她愁得慌。"老程同志说："要不然你再给她点儿？"黎女士瞪了他一眼，说"滚"，然后自己去卧室哄小真珠去了。

老程同志跟方先生说，怎么样，我猜得准吧？方先生赞叹地竖起大拇指。程小柔问，你们在说什么？

我们在说你们女人的故事啊！

你们吵吵闹闹，从小到老。

好的时候，一年中的每一个节假日，都努力争取在一起过，并扬言最大的梦想是将这种习惯延续下去，百年之后好能一起过清明节！

不好的时候，在心里默默发狠：只要她不找我，我也不找她。那种念叨彼此，比天天见面的频率还高。谁相信你能忍得住真不去找她——和你一起变老的老闺蜜！

如果你也有这么几个女朋友，在一起的时候，会彼此嫉妒、牵挂、吵架，分开之后还相互惦念，重逢之后总要说句抱歉，并且抱有同样的梦想，一起变老直到生命结束。如果你有的话，那么你们在一起就叫作"蜜友"，你们的故事，跟程小柔的一样，叫《蜜友记》。

尾声

完

2019年5月19日于上海家中

再次修改

2019年7月28日于上海大学办公室